A escolha

Marco Guimarães

A escolha

A escolha
© Marco Guimarães, 2019

Capa
Marco Guimarães/Modêlo Amazon

Imagem da capa:
Kois00Kois/Depositophotos

Preparação e Revisão
Rosana de Ângelo

Projeto Gráfico e editoração eletrônica
Eduardo Cardoso

Grafia atualizada conforme o Novo Acordo Ortográfico da Língua Portuguesa

Dados Internacionais de Catalogação na Publicação (CIP)

(Câmara Brasileira do Livro, SP, Brasil)

Guimarães, Marco

    A escolha / Marco Guimarães . -- 1 . ed . – Rio de Janeiro : Ed. do Autor , 2019 .

    ISBN 978-85-912032-4-6

    1. Ficção brasileira I . Título

19-25367   CDD-B869. 3

Índices para catálago sistemático:

    1. Ficção : Literatura brasileira   B869-3

Passou por ele um bando de veados, extraordinariamente belos e graciosos, a respeito dos quais lera um dia antes: depois uma mulher estendeu para ele a mão com uma carta registrada. Mikhail Averiânitch disse algo. Depois, tudo sumiu, e Andrei Lefimitch desfaleceu para sempre

Enfermaria n. 6 - Tchekhov

1

Somália, ano de 2008 no calendário gregoriano.

Ahmed Abd-all-Hakin nasceu em uma pequena aldeia da região de Jowhar no ano de 1425 do calendário islâmico ou, se preferirem, no ano de 2004 do calendário gregoriano.

A desnutrição que o perseguia desde o nascimento ainda não conseguira lhe tirar a vida, como já o fizera com a maioria dos que lá moravam.

Tinha o corpo esquálido, e a excessiva magreza dera ao seu rosto um formato de triângulo invertido, cujo vértice era o seu prógnato e pontiagudo queixo. Mantinha a boca sempre aberta, talvez porque lhe faltasse energia para fechá-la, ou talvez porque dessa forma pudesse melhor engolir o ar. Um ar que lhe oferecia o oxigênio para a sua sobrevivência, mas que também era responsável pela formação de gases intestinais, que distendiam o seu ventre e lhe provocavam torturantes dores, as quais o faziam, ao menos temporariamente, esquecer de sua infindável fome.

O brilho dos seus olhos há muito se fora e mostrava a opacidade que costuma habitar os olhos daqueles corpos que já expulsaram de si mesmos todos os sinais de vida. Sua pele, retesada e ressequida, colada aos salientes ossos — um velho pergaminho desbotado pelo tempo —, parecia estar a ponto de romper-se a qualquer momento. O menor volume de sangue circulante em seu corpo, determinado pela redução do tamanho de seu coração, diminuíra-lhe o ritmo cardíaco e o tornara hipotenso, fatos que lhe provocariam insuficiência cardíaca. Sua respiração lenta e espessa e a capacidade pulmonar reduzida, por sua vez, lhe trariam graves problemas respiratórios. Com a imunidade muito baixa, não pudera evitar as numerosas feridas com pus amarelo-esbranquiçado que se instalaram em seu pequeno e indefeso corpo e que serviam de alimento para os saudáveis e bem-alimentados insetos da região.

O tênue fio que o prendia à vida estava prestes a se romper e, salvo ocorresse um milagre, deveria morrer nos próximos dias, antes de completar os cinco anos. Ele vivia em um mundo de agonias, e, apesar da pouca idade, morreria sem lamentações. Não precisaria, ao contrário do que ocorre com a maioria dos adultos, aprender a enfrentar suas derradeiras horas. Ele não temia a morte e a receberia com mais dignidade do que aqueles que conseguiam superar todo um ciclo de vida; talvez porque ainda não tivesse pecados a expiar. Não tinha forças para demonstrar revolta ou qualquer outra emoção mais forte, mas mesmo que as tivesse não o faria, porque a sua curta estada aqui na terra ainda não lhe permitira conhecer a raiva, a ira e outros sentimentos menos nobres. Não ficaria, como ficam alguns adultos diante da morte, prenhe de insolências, a blasfemar contra os deuses. Motivos não lhe faltavam; afinal, esses deuses, até então, não haviam se apiedado do desumano destino que impuseram a ele e ao seu povo. Melhor assim, porque a vivência de tais sentimentos não anteciparia e tampouco adiaria o seu fim, só faria as coisas piorarem. Escapara de viver na dualidade obscura em que vivem todos os homens; como estes, era incapaz de se lembrar ou de saber algo sobre o seu nascimento, mas, diferente destes, sabia exatamente de que modo morreria.

Dos nove filhos, ele fora o último a nascer. Quatro deles morreram com um ano de idade. Os que conseguiram ludibriar a morte se foram há três dias, com a sua mãe e com os poucos sobreviventes de seu vilarejo, na esperança de encontrar alimento. Podia ser que assim ganhassem mais alguns anos de vida. Em sua aldeia restavam apenas ele, que, dado seu moribundo estado, a mãe não conseguira carregar, e o seu cachorro, que se recusou a deixá-lo só, entregue à sua própria sorte.

Ele estava sentado, apoiado em uma das estacas que seguravam a pequena choupana coberta de palha e que ainda lhe servia de abrigo. Ao seu lado, um pequeno vasilhame com leite, já acidificado naturalmente. Há um dia e meio não conseguia forças para erguer a pequena moringa de barro e servir-se com a água que sua mãe ali deixara.

Não havia variações em sua fisionomia; era sempre a mesma: a de alguém prostrado, com o olhar perdido nas planícies que circundavam sua pequena e deserta aldeia. Vez por outra, os escassos ventos da região assumiam-se como redemoinhos, semelhantes a minúsculos e inofensivos ciclones, e exibiam-se diante dos olhos de Ahmed como funis de poeira que se deslocavam em curtos trajetos ziguezagueantes, até se desfazerem e desaparecerem no ar. Ele acompanhava com atenção a breve existência desses pés de vento; era a única coisa que quebrava a monotonia de suas sonolentas e mórbidas tardes, e, também, sua única diversão. Fosse adulto, quem sabe pudesse relacionar a transitoriedade desses eventos à passageira existência dos que já nasciam condenados, como ele, a desaparecer, sem poder deixar qualquer vestígio de sua vida. Seria em breve mais um corpo enterrado sob as areias do deserto, sem velório e sem a compaixão de quem quer que fosse.

Pouco a pouco, pesadas nuvens escuras cobriram os céus e trouxeram consigo uma escuridão extemporânea, apenas interrompida pelas luzes dos breves relâmpagos que iluminavam a poeira levantada pelo vento, criando efeitos de sombras cujos contornos eram facilmente notados. Súbito, um relampejar mais forte que os precedentes, acompanhado de um estrondoso trovão e de uma intensa claridade, alumiou um redemoinho que ganhou maior envergadura e deslocou-se em direção a Ahmed. Quando a afunilada nuvem de poeira chegou diante dele, desfez-se e deixou em seu lugar um homem com a barba longa, vestido com uma túnica da cor da terra e um turbante branco na cabeça. O homem aproximou-se, segurou-lhe as mãos e disse: "Em nome de Alá, eu, Al-Khidar, teu anjo protetor, venho para te salvar da morte, e declaro que a partir deste momento você terá uma nova família, rica e próspera. Quando você completar oitenta anos nos veremos de novo ", finalizou ele, desaparecendo logo em seguida.

Embora a linguagem de Al-Khidar tivesse a mesma sonoridade que a linguagem dos homens, ela só foi ouvida por Ahmed; seu cahorro, fiel e único companheiro, apesar da audição privilegiada, não conseguiu perceber sequer o mais leve ruído, talvez porque as palavras emitidas pelos anjos não caminhem pelo ar até os ouvidos dos humanos e dos animais; talvez elas vão direto para o pensamento dos seus escolhidos e lá se verbalizam.

As nuvens escuras que cobriam o céu e que haviam posto a noite dentro do dia fragmentaram-se em longos e afilados pedaços de cor branca, que passaram a espelhar a esmaecida e vermelha cor do sol, àquela altura já poente. Não tardou muito para que um ruborizado crepúsculo se assenhorasse da situação; naquele momento, já não havia vestígios da luz solar que banhara o dia com amarelo-ouro, interrompida tão somente pela breve presença das escuras nuvens, e tampouco sinais da existência do moribundo Ahmed e de seu cachorro.

Somália. Final do primeiro semestre de 2020 no calendário gregoriano.

— Acorde Ahmed, vamos, acorde menino, estamos atrasados.

— Desculpe-me, mamãe, dormi muito tarde. Fiquei arrumando a mala e depois não conseguia encontrar a minha atiradeira, quero levá-la comigo.

— Levante-se, tome o seu café e se arrume. O seu pai virá nos buscar em meia hora.

— Já vou, mamãe. Antes preciso encontrar a minha atiradeira.

— Você já está com dezesseis anos, esqueça essa maldita atiradeira e maldita seja também a hora em que aquele jornalista inglês o presenteou com essa invenção do Shaytan.

— Não fale assim, mamãe. Não se esqueça que foi com uma delas que David derrotou Golias — retrucou Ahmed.

— É com ela também que o nosso povo, instigado pelos milicianos, apedreja e mata aqueles que acusam de não seguir a Sharia — disse ela, preocupada. — E quem é essa gente, menino? Que nomes estranhos são esses, David e Golias? Isso deve ser coisa do jornalista gringo, não é? Ah, mas não precisa responder, não. Só pode ter sido ele — concluiu nervosamente.

— Desculpe-me, mãe, eu me distraí. São nomes cristãos. Na nossa religião o David é representado por Dawud, e Golias, por Jalut. Mas não foi o jornalista que me disse, não — explicou ele, justificando o amigo.

— E se não foi ele, quem teria sido, hem?

— Eu li sobre o assunto; sei muito bem que a senhora conhece a história cristã, e sabe quem foram David e Golias. Só não sei por que não admite isso.

— Isso não vem ao caso, menino — desconversou a mãe. — Eu sempre estimulei as suas leituras, mas cuidado com o que você anda lendo e falando, e mais cuidado ainda com o que pensa. Talvez seja melhor que isso fique entre estas quatro paredes — concluiu.

— Eu sei o que devo e o que não devo falar, mas meu pensamento é livre e permanecerá assim, pelo menos enquanto não houver máquinas capazes de lê-lo ou conhecê-lo. Fique tranquila, mãe — acrescentou. — Não há com o que se preocupar.

— Em que mundo você está, hem, Ahmed? Acaso não soube da execução na semana passada? Juízo, Ahmed, juízo...

— Soube, sim, e fiquei muito revoltado. Se não tivesse o juízo que a senhora pensa que me falta, teria ido lá e tentado impedir a execução — disse o rapaz. — Se pudesse, iria embora deste país... Bem que o meu amigo inglês disse que eu deveria procurar outro lugar para viver.

— Deixe de bobagens — ralhou Khalidah — e vamos logo. Agora só temos mais cinco minutos. Se não nos apressarmos, a noite já terá caído quando chegarmos à casa de sua avó, e você sabe que seu pai gosta de dirigir com a luz do dia.

— Já vou, agora só falta encontrar o livro que estava lendo.

— Há um livro aberto no banheiro, ao lado da pia. Deve ser ele. Ande rápido, vamos.

— Estou aqui, mãe — gritou Ahmed. — Onde mesmo a senhora disse que estava?

— Você não presta atenção em nada do que digo, não é mesmo? — respondeu ela, já impaciente. — Está ao lado da pia, talvez coberto pela sua bagunça.

— Ok, já encontrei. Estou indo.

Já era quase noite. Dabir Abd-all-Hakin, sua mulher Khalidah e Ahmed chegaram a uma pequena aldeia, perto da cidade de Jowhar. Não mais que noventa quilômetros, uma hora e meia de carro, separavam Mogadíscio dessa aldeia, mas o excesso de zelo que Dabir tinha quando dirigia com a família praticamente dobrou o tempo de viagem. As luzes dos postes já estavam acesas, mas não conseguiam, entretanto, competir com os últimos raios do sol de verão, que ainda impediam que a escuridão da noite se fizesse presente. E era nesse intervalo, entre a despedida do dia e a chegada da noite, que os grupos de jovens se reuniam à porta das casas para conversar.

— Vou encontrar o pessoal — anunciou Ahmed. — Volto daqui a pouco.

— Em meia hora serviremos o jantar. Não vá esquecer, hem?

— Não se preocupe, vovó, nada me faria perder a sua comida — respondeu ele, deixando a sala e se dirigindo apressadamente para a porta que o levaria à rua.

— Alá seja louvado, Khalidah. Como esse menino cresceu! Ontem mesmo parecia um garotinho.

— A senhora tem razão, mamãe, mas não é só o seu tamanho; o amadurecimento dele às vezes me surpreende.

— Não se esqueça que ele é, desde pequeno, um leitor inveterado — observou Dabir. — E além disso, gosta de escrever e o faz muito bem. E você sabe que essas coisas despertaram a sua criatividade e estimularam seu raciocínio — concluiu ele, dirigindo-se à mulher.

— O Dabir tem razão, minha filha, esse menino sempre foi prematuro. Começou a andar e a falar muito cedo. Eu sabia que seria um menino muito esperto — disse a avó orgulhosa.

— Reconheço que ele é muito diferente dos da sua geração, contaminados pelo uso excessivo da Internet. E como o Dabir já falou, Ahmed não larga os livros. Mas tenho a impressão de que aqui ele partilhará as suas leituras com as antigas diversões — disse esperançosa. — Trouxe consigo a atiradeira, e com certeza vai reviver as velhas brincadeiras do passado, afinal foi aqui que ele passou toda a sua infância.

— E você, Dabir, como vai o trabalho? — perguntou-lhe a sogra.

— Ah, mamãe, esqueci de lhe contar: o seu genro foi promovido e recebeu uma proposta. Agora é o engenheiro diretor da empresa, responsável pelo setor de energia eólica. A energia limpa, como dizem por aí — explicou Khalidah. — Essa é a boa notícia, mas...

— Mas..., não vá me dizer que há a má notícia!

— Atrás de uma boa notícia sempre vem uma notícia ruim. Ela pode até tardar, mas, neste mundo em que vivemos, mais dia ou menos dia, ela aparece — disse para a mãe tristemente. — Acho que teremos que nos mudar da Somália. Talvez para o Rio de Janeiro. Como a senhora sabe, a empresa do Dabir é inglesa, está em franca expansão e levará sua experiência para o Brasil.

— Larga desse pessimismo, menina. Veja o lado positivo da situação. Será muito bom para todos vocês, especialmente para o Ahmed e os irmãos — disse a mãe de Khalidah, tentando disfarçar a decepção que estampava no rosto.

— Ahmed com certeza irá conosco. Seus dezesseis anos ainda não lhe criaram as raízes com a terra. Mas os outros, nem eu nem Dabir controlamos mais. Já estão empregados e muito comprometidos para deixarem o país. Mas não fique triste, mamãe; se quiser, poderá nos acompanhar — sugeriu.

— Você sabe que eu não poderia ir. Depois que o seu pai morreu, tive que assumir as rédeas dos negócios. Há muitas coisas por aqui que dependem de mim. Com relação aos seu filhos, não se preocupe, estarei por perto — tranquilizou a mãe. — E depois, tudo está mais calmo agora. A unificação das tribos em um poder centralizado estabilizou a situação. Não há mais guerra civil, a fome não nos preocupa mais, as cidades se desenvolveram e se urbanizaram nestes últimos sete anos e agora oferecem mais segurança.

— Estabilizou, mãe? Os tribunais estão aí mesmo, cometendo tiranias e determinando injustas execuções.

— Ela sofre por antecipação — interveio Dabir. — A minha transferência ainda não foi decidida, é somente uma possibilidade. Apenas me perguntaram se eu teria disponibilidade para ficar cinco anos na América do Sul. Há ainda muita coisa a fazer por aqui.

— Seu marido está certo, Khalidah, empurra essa angústia para quando chegar a hora em que tiverem que decidir. Não sofra agora, menina.

— A senhora fala como se fosse fácil, mamãe; mas, uma vez que um problema se insinua, concretize-se ou não, não importa, antecipamos o nosso sofrimento.

— Esqueçamos tudo isso, é o melhor que temos a fazer agora. Vamos servir o jantar. Vou pedir que chamem Ahmed.

Tudo levava a crer que a ausência de nuvens na região de Jowhar levaria o recém-acordado sol a inundar o dia com um intenso amarelo. Ahmed despertou cedo, tomou o café da manhã e encheu os pneus de sua velha bicicleta, esvaziados pelo longo desuso. Em mais alguns minutos, Haken, seu amigo de infância, passaria para pegá-lo. Na noite anterior haviam combinado um passeio pelos arredores, como faziam nos velhos tempos.

A pequena aldeia ainda não tinha as ruas pavimentadas e raramente recebia um automóvel. Ele e seu amigo resolveram ir até um outro vilarejo, a meia hora dali. Partiram da aldeia e seguiram por um pequeno caminho que margeava o rio Shabelle. Ali, a aridez do solo africano cedera lugar a uma abundante vegetação, onde numerosas árvores perfiladas pareciam montar guarda para proteger o mais precioso e escasso bem da região: a água.

— Então, Ahmed, ainda sente falta de nossa aldeia? — perguntou Haken. — Acho que já nos esqueceu, porque senão não teria ficado tanto tempo sem vir.

— Foram três anos longe daqui, Haken, mas não tive culpa. Por mim, teria passado todas as minhas férias aqui. Mas dependia do meu pai, e ele não podia se ausentar de lá — explicou.

— Bem, acho que não faria muita diferença se você estivesse aqui ou lá. O pessoal sempre te achou meio esquisito. Não brincava com a turma, não gostava de futebol, só queria saber de ficar lendo.

— Não é verdade — defendeu-se Ahmed —, eu só não ficava o dia inteiro, como vocês, sem fazer nada. Havia e ainda há a escola, esqueceu?

— É verdade, Ahmed. Você teve a sorte de ter estudado, mas nós não.

— Não se lamente, Haken — consolou o amigo. — Você não está tão velho assim que não possa entrar para uma escola.

— Parece que o meu destino será mesmo o de ficar por aqui, trabalhando com a minha família.

— E por falar nela, como estão todos?

— Meu pai morreu no ano passado. Minha mãe trabalha no pequeno sítio que o pai nos deixou. Vivemos da venda dos produtos que plantamos. Eu a ajudo com as entregas e minha irmã fica com os afazeres da casa — explicou.

— Ah, a pequena Aisha. A gente se dava muito bem.

— É, mas a pequena Aisha cresceu. Na última vez que você a viu, ela tinha onze anos. Agora está prestes a completar quatorze, você não vai reconhecê-la — disse o irmão com orgulho.

De repente, Haken parou a bicicleta. Em seguida olhou para o relógio e pôs as mãos na cabeça.

— Estou frito! Que Alá me salve! Esqueci da entrega das onze horas — disse, apavorado. — Tenho que voltar agora mesmo, Ahmed —, já dando meia-volta com a bicicleta. — Você vem comigo?

— E por que não? Estou de férias, meu amigo. Tenho algumas coisas para ler, mas isso pode ficar para a noite.

— Você e seus livros, vejo que não houve mudanças. Vamos acelerar, ainda tenho que passar em casa.

2

Dois dias depois, Khalidah e Dabir voltaram para a cidade, deixando para trás Ahmed, que preferiu ficar com a avó. Havia algo naquele lugar que o encantava e, ainda que já estivesse contaminado pelos ares da cidade, seu instinto lhe dizia que deveria passar o restante de suas férias na pequena aldeia.

Embora mantivesse a rotina de leitura que impusera a si mesmo, Ahmed passava a maior parte de seu tempo aproveitando o que a cidade grande não podia lhe oferecer. Vez por outra, os ventos da região varriam as ruas de terra batida e levantavam nuvens de poeira que subiam para, logo depois, lentamente, tombar e cobrir todo o vilarejo como uma densa névoa. Se por um lado os mais idosos, vítimas de superstições, se trancavam em casa com receio de que a névoa de pó entrasse e trouxesse doenças, por outro Ahmed e os amigos se divertiam com o fato e desafiavam as crendices dos mais velhos com brincadeiras de se esconder uns dos outros, na falsa escuridão proporcionada pelo fenômeno. Mas não seriam as brincadeiras ou o reencontro com os velhos amigos que marcariam para sempre aquelas férias de Ahmed.

— Ahmed, hoje é o aniversário de Aisha. Minha mãe vai fazer um bolo e pediu para convidá-lo — disse Haken.

— Ótimo, assim aproveito para vê-la; afinal já estou aqui há uma semana e ainda não fui visitá-la.

— Ela me perguntou por que você ainda não havia aparecido; você vivia lá em casa e...

— Eu já devia ter ido — interrompeu Ahmed. — A gente vai crescendo e vai ficando mal-educado...

— Eu expliquei a ela que você estava pondo as conversas em dia, que ainda mantinha o hábito ler diariamente e que tudo isso estava tomando o seu tempo — revelou o rapaz. — Não se preocupe, ela entendeu, mas espera que você apareça na festa de minha irmã — concluiu.

Eram nove e meia da noite quando Ahmed se dera conta de que já deveria estar no aniversário de Aisha. Fechou o livro que tinha nas mãos, dirigiu-se ao pequeno jardim nos fundos da casa, retirou de lá uma rosa, despediu-se com um beijo da avó e, apressadamente, seguiu para a casa do amigo. Com sorte ainda conseguiria chegar a tempo para os parabéns. Uns vinte minutos a pé, se andasse a passos normais, o separavam do seu destino. Ele tinha pressa, mas o brilho da Lua cheia e as tonalidades das cintilantes estrelas chamavam sua atenção e o impediam de acelerar a marcha; há tempos não via um céu como aquele. A claridade noturna de Mogadíscio, a cidade onde vivia, apagava as nuances estelares e neutralizava toda e qualquer emissão radiante vinda dos astros. Além disso, outra coisa também despertava sua natureza contemplativa e conspirava para retardar ainda mais sua chegada ao aniversário de Aisha: as sombras das pequenas árvores de oliva que margeavam o caminho de terra batida por onde caminhava. Embora não nutrisse nenhuma simpatia por exércitos, naquele momento sentiu-se como um comandante que passava a revista em seus comandados, representados ali pelas perfiladas oliveiras.

Finalmente, depois de meia hora de caminhada, chegou ao seu destino. A casa de Haken era grande, mas sinalizava que a hora de uma boa reforma já havia chegado. As duas grandes varandas abertas, localizadas na frente e atrás da construção, garantiam uma boa circulação de ar entre os quatro quartos, a ampla cozinha e os dois banheiros. Ao fundo da casa, um grande pedaço de terra cultivada com hortaliças diversas e laranjeiras garantia a subsistência da família. A frente da casa ficava a poucos metros da beira da estrada e separava-se desta por uma pequena cerca com pedaços de madeira amarrados por arames já enferrujados. Mesmo uma pessoa baixa que passasse por ali não precisaria de muito esforço para notar que, a julgar pelo número incomum de pessoas, comemorava-se alguma coisa. Antes de girar a tramela que abriria o torto e alquebrado portão da velha cerca, Ahmed deteve-se e, instintivamente, como se quisesse avaliar previamente a situação, varreu rapidamente com o olhar todo o ambiente. A ampla varanda, primeira parte da casa à mostra, acolhia algumas pessoas distribuídas em pequenos grupos. Com precisão matemática, ele manteve a sua visada dirigida para o centro daquele local; mas, para seguir com o seu monitoramento, levou o olhar para a direita, depois moveu os olhos para a esquerda; inesperadamente, voltou novamente a olhar para a direita. Havia alguma coisa no seu canto visual direito que merecia uma atenção especial: a imagem de uma jovem mulher. Girou então a cabeça para o lado direito, para que tivesse visão binocular e pudesse observar melhor a moça que atraíra seu interesse. Apesar da pouca distância que o separava do local onde ela estava, era impossível notar os detalhes daquela estranha. Refeito da surpresa, ele abriu o portão, entrou e começou a caminhar pelo estreito e curto caminho margeado por plantas rasteiras que levava à escada da varanda. À medida que se aproximava, ficava mais e mais encantado com aquela mulher, com cabelos encaracolados e pequenas tranças que se insinuavam desleixadamente para a fronte. Já não tinha tanta certeza se ela era uma jovem mulher ou se ainda seria uma adolescente à beira de se tornar adulta; afinal, os seios que timidamente se pronunciavam na roupa justa que vestia pareciam dar mostras de que, com o tempo, se tornariam mais ousados. Ainda fascinado com o que via, não se deu conta de que chegara diante dela, que já começara a lhe falar.

— Ahmed, afinal você apareceu — disse a jovem, entusiasmada. — Já pensávamos que não viria. Ahmed! Ahmed! Acorda!

— Desculpe-me, estava tão distraído...

— Você não me reconheceu, não é mesmo?

— Aisha? É você?

— Sou eu mesma, Ahmed. Parece que você viu um fantasma!

— Haken havia dito que eu não a reconheceria, mas nunca poderia imaginar...

— Que aquela menina magricela crescesse e ficasse com esta altura — divertiu-se. — Bem, eu cresci, continuo magra, como você pode ver. Mas essa é a moda agora, não é mesmo?

— Na verdade, não presto muita atenção nisso não. Só sei de uma coisa: você está muito bonita e acho que não deve mudar nada — elogiou. — Ah, antes que eu esqueça, uma pequena lembrança, feliz aniversário — disse Ahmed, entregando, com certo constrangimento, a rosa que arrancara do jardim da avó. — Desculpe-me pelo presente, amanhã compro algo decente.

— Não se preocupe. Eu adoro rosas, e essa é especialmente linda — agradeceu. — O Haken me disse que você ficará conosco nesses dois próximos meses.

— Resolvi passar as minhas férias por aqui, reviver os velhos tempos, rever os velhos amigos.

— Mas é uma pena que depois você tenha que voltar para Mogadíscio.

— A gente tá sempre voltando, Aisha, a nossa vida é um constante ir e vir — filosofou. — Eu voltei pra cá, depois volto pra lá, e para onde irei depois, só Deus sabe, mas vá para onde vá, voltarei.

— Deus? — exclamou ela com espanto. — Você está doido, Ahmed? Deixou o islamismo?

— Nunca o deixei, porque na verdade nunca estive com ele. Mas não se preocupe, também não me converti ao cristianismo.

— É preciso cuidado. Contam por aí que mataram uma modelo que havia se convertido.

— Eu soube, li em um jornal inglês na Internet — declarou. — É uma pena que o islamismo, a religião de nossos pais e acho que também a sua, abrigue uma ala radical capaz de cometer esse e outros crimes.

— Também penso como você. Tenho até mais motivos.

— Mais motivos?

— Você sabe o que fazem conosco, enquanto meninas, não sabe, Ahmed?

Todos na aldeia, e Ahmed não era exceção, sabiam que a herança cultural, que ainda não havia se livrado do radicalismo, levava as mães a extirpar o clítoris de todas as meninas, geralmente a partir dos três ou quatro anos de idade. Suprimiam um dos órgãos que dava prazer, mas as condenavam, através dos casamentos arranjados, a satisfazer um marido, normalmente muito mais velho.

— Eu sei, Aisha — confessou —, e nesse caso o problema estaria relacionado com uma perniciosa ignorância, infelizmente ainda cultuada por pessoas muito próximas a nós. Não teria muito a ver com o islamismo em si, embora ele seja, às vezes, a âncora para essas barbaridades, assim como durante uma época o catolicismo foi utilizado para queimar as supostas bruxas e os que a Igreja acusava de hereges. De qualquer modo, Aisha, não sei o que dizer, ou talvez saiba: fuja daqui — concluiu.

— Eu não devia ter mencionado esse fato — arrependeu-se —, mas apesar de não nos vermos há bastante tempo, me senti à vontade para tocar no assunto, tabu para a maioria dos daqui. Mas acho melhor deixar essa conversa de lado. Hoje é meu aniversário, é dia de festa. Venha, minha mãe ficará feliz em vê-lo.

A reação de Ahmed à história da amputação do clítoris de Aisha viria nos dias que se seguiram ao aniversário dela. Ele estava petrificado com o fato e não havia um dia em que não se revoltasse com a mutilação que fora imposta à menina. Vinha à sua cabeça a castração dos porcos, que ele tivera a infelicidade de assistir quando menor. Os grunhidos dos animais, reveladores da dor que deviam sentir, ainda faziam parte dos seus frequentes pesadelos. Ele sabia que muitas famílias praticavam o ato mutilatório e que as próprias mães levavam as filhas para o ritual, mas não podia conceber que a pequena Aisha de outrora, hoje transformada em uma bela adolescente, tivesse sido incluída no rol dessas vítimas. Não deveria ter falado com a mãe dela, muito menos tê-la cumprimentado com um beijo no rosto, pensou ele. Afinal, se houvesse uma culpada por tudo, essa pessoa seria a sua mãe. Aí uma dúvida assaltou de imediato o seu pensamento: será que se eu tivesse nascido mulher, a minha mãe teria feito o mesmo? Não, não o faria, conheço-a bem, ela seria incapaz. Seria incapaz? E se ela mesma também tivesse sido vítima dessa barbaridade socializada e não quisesse interromper a tradição? Não, com certeza ela não foi uma dessas infelizes, ela nunca demonstrara nenhuma angústia e sempre pareceu ser uma mulher muito feliz. Uma mulher que tenha sofrido tal extirpação não poderia agir como ela sempre agiu. Talvez algum dia, quem sabe, tomasse coragem e esclarecesse tudo com Khalidah. Por outro lado, Aisha, apesar de ter tocado no assunto, não parecia dar sinais de que o fato a incomodava e entristecia; talvez porque só tivesse quatorze anos e a sua sexualidade ainda não aflorara, ou talvez por saber que outras meninas também haviam sofrido o mesmo que ela. Era um consolo coletivo, que devia resignar igualmente todas as outras vítimas.

Ahmed não chegou a nenhuma conclusão; contudo, no meio de tantos pensamentos desconfortantes, uma lembrança amenizou a sua indignação: se o prazer sexual de Aisha fora suprimido em uma instância, haveria outras formas compensatórias. Talvez o único problema, nesse caso, fosse encontrar alguém que se dispusesse, com carinho e paciência, a deixar de lado o imediatismo da maior parte dos homens pertencentes a culturas machistas, que é o penetrar e gozar sem a menor preocupação com a companheira.

Uma construção de alvenaria situada à beira da estrada e a poucos metros da casa de Aisha abrigava os três únicos estabelecimentos comerciais da região: uma pequena farmacia,situada ao centro, uma mercearia, à esquerda, e uma barbearia. Do outro lado da estrada, um grande banco de madeira, encostado a um muro de tijolos que delimitava uma propriedade, oferecia assento para cinco ou seis pessoas. Era ali que, vez por outra, diferentes grupos se encontravam para conversar sobre os mais variados temas. A turma de Ahmed costumava se reunir no final da manhã, uma ou duas horas antes do almoço. Era a hora em que Haken, já tendo feito as suas entregas, podia participar dos encontros. Um dia, Ahmed resolveu antecipar-se e chegou quarenta minutos antes dos amigos. Por sorte, o velho banco de madeira estava vazio. — Opa, não há ninguém, vou poder ler o livro que trouxe — disse ele para si mesmo. Instalou-se confortavelmente, colocou por um momento o livro ao seu lado e fez uma varredura de 180 graus com o olhar, como se quisesse analisar o ambiente que o cercava. Após alguns segundos, pegou o livro que havia deixado sobre o banco e começou a ler. Sua leitura era interrompida apenas para responder aos que passavam por ali e, apesar de saberem que estava concentrado no livro, insistiam em cumprimentá-lo: "Como vai, Ahmed?", "Bom dia, Ahmed", "E os seus pais, Ahmed?".

Em uma dessas interrupções, na qual a resposta dada acabou tomando um tempo maior, ele acabou desviando o olhar para a casa de Haken, que ficava à direita. Dali ele tinha uma visão muito clara de toda a extensão da parte lateral da casa, que terminava na grande varanda dos fundos. Ahmed percebeu então que Aisha estava sentada à mesa, de frente para ele, e fazia, alternadamente, pequenos e espaçados movimentos com os braços. Talvez usasse uma agulha e linha para remendar alguma vestimenta que se rasgara com o tempo, ou então estivesse a dobrar peças lavadas e recolhidas do varal que a casa tinha em seu vasto quintal. Apesar de usar uma roupa de casa — um vestido com estampa de pequenas flores preso aos ombros através de duas pequenas tiras de tecido —, ela conservava a mesma beleza do dia de seu aniversário.

Ahmed resolveu retomar a leitura, mas sua concentração já não era a mesma; interrompia a cada minuto o que lia para conferir se Aisha ainda continuava lá. Após dez minutos, ela se levantou e entrou em casa. Um ar de decepção se assenhorou do rosto de Ahmed; ele parou a leitura que fazia e manteve o livro aberto, mas agora seus olhos dedicavam-se única e exclusivamente a observar a varanda da casa de Haken. Alguns minutos depois, ela retornou e, ainda de pé, notou Ahmed, sorriu e fez-lhe um aceno. Mudou a cadeira de lugar e sentou-se, ficando agora de perfil para ele, numa posição que lhe permitiria, caso desejasse, girar a cabeça e pô-lo em seu campo de visão. E foi o que ela fez; vez por outra, virava a cabeça o suficiente para ver Ahmed. Nos trinta minutos que se seguiram, trocaram silenciosos e disfarçados olhares, só interrompidos com a chegada de Haken.

A partir daquele dia, Ahmed sempre se antecipava às reuniões do grupo; podia assim dar prosseguimento às furtivas trocas de olhar com Aisha sem que fosse notado. Mas o recíproco e consentido flerte entre os dois estava circunscrito àquele momento. Quando se encontravam fora dali, talvez influenciados por uma mútua timidez, fingiam ignorar completamente o que ocorria. O fato de compartilharem um segredo e de se tornarem cúmplices naqueles finais de manhã deixava Ahmed com a sensação de haver transgredido algum código, o que, longe de o preocupar, agradava-o bastante. Mas ainda não conseguira cristalizar uma explicação para o comportamento que haviam adotado. Fingir que nada ocorria fora daquele universo idílico que haviam criado o deixava muito intrigado e os tornava, de certo modo, verdadeiros atores que atuavam para uma plateia na qual eram os únicos espectadores.

Quarenta e cinco dias já se haviam passado desde que Ahmed chegara ao pequeno povoado de sua avó. Em mais quinze dias as suas férias terminariam e ele teria que voltar para a cidade. Esse retorno o deixava ansioso; desde que começaram a se notar mutuamente, ele e Aisha não haviam avançado um centímetro na relação; era preciso tomar uma atitude. A uma semana de sua viagem de volta, ele foi à casa de Aisha e, embora soubesse que Haken não estaria, perguntou por ele. — Não, ele não está, Ahmed. Saiu com a minha mãe; foram ao povoado vizinho para resolver uns assuntos e só voltarão amanhã — explicou. — Entre, sente-se aqui na sala e me faça companhia, sei que em mais alguns dias você nos deixará. Vou fazer um suco de laranja para nós e já volto — disse-lhe, deixando escapar um sorriso.

Um pequeno corredor ligava a sala à cozinha. Dali ele podia observar Aisha, agora de costas para ele, cortando as laranjas para fazer o suco que lhe prometera. Pegou com uma das mãos a metade de uma das laranjas que havia cortado e a pressionou sobre o cone do espremedor, que começara a deixar escorrer o amarelado sumo que beberiam em seguida. Antes que ela repetisse a operação com a outra metade da laranja, ele se levantou e, como um raio, foi em sua direção. A velocidade que imprimira em sua investida foi de tal ordem que, mesmo que se arrependesse, não haveria como parar.

Aproximou-se por trás, o suficiente para que seu corpo encostasse levemente no dela, transpassou seu braço direito através do braço de Aisha e deixou que sua mão pousasse sobre a mão que espremia a laranja, dizendo que a ajudaria a fazer o suco. Naquele momento, todos os prazeres da terra pareciam ter convergido para os dois; ela interrompeu o que fazia, segurou o polegar de Ahmed e o levou à boca, beijando-o e mordendo-o. Ele passou seu braço esquerdo por debaixo do braço de Aisha e, com seu polegar e indicador formando uma pinça, torceu a casa do botão de metal da bermuda que ela vestia, permitindo-o saltar para fora. Ainda com os dedos na mesma posição, moveu-os até o cursor do zíper, que ainda mantinha a bermuda fechada, e começou a puxá-lo para baixo, desencaixando um a um os dentes metálicos dos dois cadarços, como se solicitasse uma aprovação para a sua ousada atitude. O silêncio de Aisha e a intensidade com que ela beijava e mordia seu dedo foram suficientes para encorajá-lo a abrir todo o zíper e deixar que sua mão entrasse na calcinha da jovem, acariciando-a suavemente.

Ela virou a cabeça para o lado esquerdo e para trás, gesto que o fez inclinar o rosto para a frente e para baixo, até que os seus lábios se unissem aos úmidos e quentes lábios dela — umidade e temperatura estas só superadas pelas do fluxo que encharcara sua mão. Se os seus corpos pudessem falar, diriam: "Já estamos preparados para nos tornar uno." Dali foram para o quarto de Aisha e perderam as suas virgindades.

Nos dias que se seguiram, sempre que podiam, ficavam a sós e trocavam beijos e carícias jurando amor eterno, assim como fazem todos os jovens que, pela primeira vez, conhecem o prazer do sexo.

As férias de Ahmed terminaram e ele voltou para a cidade. Teriam que compartilhar o amor e a paixão em segredo; sequer poderiam trocar cartas ou telefonemas, sob o risco de levantar suspeitas. Aisha estava prometida e seria apedrejada se tivesse um caso com alguém antes do casamento.

Aquela fora a última vez que se encontraram. No início de 2021, Dabir, Khalidah e Ahmed viajaram para Londres; ficariam seis meses por lá. Depois disso, seriam transferidos para o Rio de Janeiro, onde Dabir assumiria o cargo de diretor regional da empresa de eletrificação eólica.

3

Londres, primeiro semestre de 2021
no calendário gregoriano.

Quando se mudaram para Londres, o pai de Ahmed foi informado que em seis meses, caso aceitasse, seria transferido para o Rio de Janeiro. A sede da empresa em Londres designara um engenheiro brasileiro como seu preceptor para familiarizá-lo com os costumes do Brasil. Tornaram-se amigos e com frequência reuniam as famílias nos finais de semana para trocar impressões sobre os mais diversos temas. A eloquência e simpatia do colega brasileiro deixaram uma forte impressão em Dabir, que se antecipou em imaginar que havia acertado quando aceitou o convite da empresa para dirigir a filial do Rio de Janeiro. Ele já havia conversado com algumas pessoas sobre o Brasil e consultado um sem-número de páginas na Internet sobre o lugar para onde levaria a sua família. Uma cidade alegre, com belas praias, clima mais ameno do que o da Somália e que, ao que tudo indicava, recebia bem os estrangeiros. Custava-lhe crer que judeus e árabes, inimigos históricos, conviviam em harmonia por lá. Além do mais, o país soubera contornar a crise econômica que afetara toda a Europa e a América do Norte e já figurava como a quarta economia mundial, com grandes possibilidades de avançar ainda mais no ranking internacional. — Deve ser um paraíso — dizia ele para o seu amigo Paulo, que lhe pedia para não exagerar. — O paraíso não existe, Dabir, o que há é um inferno mais amaciado pelo senhor das trevas, estratégia de arregimentação do rebanho que será queimado na sua fornalha. Não se iluda, há problemas de outra ordem — rspondia-lhe o amigo. Dabir não levou a sério o que o Paulo lhe dissera, afinal ele lera que o esporte preferido dos brasileiros que emigravam para o exterior era falar mal do seu próprio país.

O interesse que o pai tinha pelo Brasil também era compartilhado por Ahmed, embora seus motivos fossem de origens distintas. Ele ainda não esquecera Aisha, mas com seus quase dezessete anos, não podia deixar de atender a alguns impulsos hormonais que começavam a se manifestar com mais frequência e que o levavam a se aproximar da única filha do amigo brasileiro de seu pai.

Daniela tinha uma ano a menos que Ahmed. Seu corpo — desenvolvido para a idade e com provocadoras mamas — não passava despercebido pelos jovens, pelos adultos e até mesmo por alguns de idade provecta que ainda insistiam em ter ilusões sexuais. Daniela, ciente de sua sensualidade e sexualidade, jogava seu charme para Ahmed, ora com provocadores sorrisos, ora aparecendo diante dele com roupas exíguas e transparentes. Esse jogo de sedução entre os dois não era notado por seus pais, talvez porque as investidas de Daniela sempre acontecessem quando ela e Ahmed estavam sós.

Por sugestão de Paulo, os dois casais resolveram fazer uma viagem a Paris. Daniela iria para a casa de Ahmed e passariam juntos o final de semana. — Domingo à noite estaremos de volta. Você agora é o homem da casa, cuide bem da Daniela, e nada de festas na nossa ausência — disse Dabir para o filho.

— Daniela, não dá nem para acreditar que os nossos pais viajaram e nos deixaram sozinhos — comemorou o rapaz.

— Não se esqueça que estamos em 2021, Ahmed. Os tempos são outros, e depois, esta não é a primeira vez. Um pouco antes de nos conhecermos, meu pai teve que fazer uma viagem a trabalho para o interior e minha mãe estava no Brasil. Fiquei só, mas foi apenas por uma noite.

— Agora são duas. Bem, seja lá como for, eles nos deram um voto de confiança.

— Isso mesmo. Nada de festas na casa, hem? Respeitemos a recomendação de seu pai — disse Daniela com um irônico sorriso nos lábios.

— Ainda não sei a que tipo de festas o meu pai se referia. Não conheço ninguém nesta cidade — confessou —, exceto os colegas do curso de português. Mas são tão poucos que não ocupariam metade da sala.

— Talvez tenha sido uma indireta para mim; afinal ele sabe que conheço metade de Londres — concluiu a jovem.

— Não, não creio, apesar de nossas famílias já serem bastante íntimas, ele não seria tão descortês.

— Bem, o seu pai nos disse para não darmos uma festa aqui, mas não nos proibiu de ir a uma festa fora daqui.

— Você sabe que eu não sou lá muito de festas, Daniela.

— Vamos nos divertir, você vai ver. Deixa de lado essa esquisitice de não gostar de festas.

— Esquisitice?

— Ih, esqueci que você ainda não domina o português, ainda que nesses últimos cinco meses já tenha avançado bastante — elogiou.

— Foram seis horas diárias de estudo, uma imersão quase que total no teu idioma, mas essa palavra...

— Eu quis dizer deixa de ser estranho, faça o que todos fazem, é mais ou menos isso.

— Está bem, farei o sacrifício — anuiu. — Afinal, em menos de um mês estarei indo para o Brasil e deixaremos de nos ver.

— Vou sentir falta de vocês. Meu pai não pensa em retornar tão cedo para lá, mas pelo menos uma vez por ano, quando viajar de férias, tornaremos a nos encontrar.

Já passava das dez da noite quando Ahmed fechou a porta e disse:

— Tome, fique com uma cópia da chave, eu sempre costumo perdê-las; assim não corremos o risco de dormir na rua.

Ele decidira que iriam para o Notting Hill Arts, um clube com música capitaneada por DJs com ótimas *performances*, segundo lhe dissera um colega do curso de português. Daniela havia sugerido um local chamado Cargo, que era a meca dos alternativos. O fato de ter dito que o local funcionava sob um viaduto, com decoração descolada e grafites chocantes não convenceu Ahmed, até porque ele não entendera a metade das gírias que ela dissera. Sua recusa foi ancorada na distância que os separava da Cargo e que ambos moravam praticamente ao lado da Notting Hill Arts. Ir até a escolha de Daniela, perto de Old Street, na zona leste de Londres, significaria pegar um ônibus que levaria entre 35 e quarenta minutos para chegar.

Quando chegaram ao Notting Hill, viram que só entravam maiores de 21 anos.

— E agora, o que fazemos? — perguntou Ahmed.

— Meu querido Ahmed, você achou que eu não sabia? Tenho um documento "quente", preparado, ou falando melhor ainda, falso. Vá se acostumando, é o famoso jeitinho brasileiro.

— E quanto a mim?

— Você acha que com esse seu tamanho alguém vai te pedir documento? Acorda, Ahmed! Acorda!

Entraram sem dificuldades. A música eletrônica havia tomado conta dos locais destinados aos jovens, e Ahmed tinha muitas ressalvas com relação a ela. Aquele ambiente, longe de o deixar alegre, o entediava; um tédio que não conseguia disfarçar. Tentou uma ou duas vezes dançar com Daniela, mas era incapaz de absorver os repetitivos e poucos acordes musicais que o levariam a se mover com um mínimo de cadência. Parecendo um boneco desarticulado e desengonçado no salão, resolveu abrigar-se em um dos cantos e tornar-se um mero espectador. Daniela, que dançava à sua frente, aproximou-se e pediu que lhe comprasse uma cerveja.

— Peça a Alpha-fornication — disse ela.

— Alpha-fornication?

— Já vi que você tá por fora de tudo. É a cerveja mais amarga do mundo, Ahmed. Fabricada pela Flying Monkeys, é canadense.

Ele, surpreso com os conhecimentos etílicos de sua companhia, esgueirou-se pela multidão dançante, foi até o bar e pediu a bebida que a amiga queria. Minutos depois, quando pegou a garrafa que o *barman* havia lhe dado, sentiu uma gosma pegajosa em suas mãos, provavelmente resultado de algum produto que se derramara sobre as bebidas. Limpou as mãos e a garrafa com um guardanapo de papel que encontrara no balcão e voltou para entregar a encomenda da garota, mas antes de fazê-lo, levou a garrafa à boca e tomou um gole. Queria provar a tal cerveja, a mais amarga do mundo, segundo Daniela. O pequeno trago que tomara já se preparava para escorregar para o seu esôfago e dali seguir para o estômago, quando foi posto para fora através de uma forte cusparada. "Como é possível alguém gostar de uma coisa dessa?", perguntou a si mesmo. Assim que se desfez da garrafa que tinha em mãos, voltou ao mesmo lugar em que estava e, sem que se pudesse explicar o motivo, pensou nos dois episódios que acabara de vivenciar: a gosma que sentira em suas mãos e o sabor acre que tomara conta de sua boca, dois desprazeres que seus sentidos lhe impuseram quase que simultaneamente. "Malditos sentidos", praguejou. Mas depois pensou que talvez estivesse sendo injusto com o julgamento que fizera dos seus sentidos de tato e paladar. Afinal, fora esse mesmo tato que lhe possibilitara sentir a suave tez que encontrara sob a calcinha de Aisha. E seu paladar, por sua vez, permitira-lhe não só sentir e ter prazer com os sabores dos diferentes tipos de comida que comera em Londres, como também apreciar os deliciosos doces que sua avó lhe preparava. E foi nesse instante que fez a si mesmo uma outra pergunta: "Qual dos sentidos seria o mais importante?"

Faltavam-lhe considerações sobre o olfato, a audição e a visão.

O olfato levou-o à velha aldeia onde passara suas últimas férias; lembrou-se então do doce e frio perfume daquelas noites de céu estrelado, ainda muito claras em suas recordações. Veio-lhe também à lembrança o cheiro de terra molhada, marca registrada dos raros temporais da região. "Ah! Como eram agradáveis aquelas sensações", murmurou.

Com sua audição podia ouvir as músicas de que tanto gostava; recordou-se das tardes em que sua mãe lhe pedia que, pelo amor de Alá, trocasse a música que ele sempre ouvia; ela já não aguentava mais o *Stabat Mater*, de Vivaldi, a sua preferida, que o remetia para um estranho e desconhecido lugar. Se Khalidah soubesse que ele tentava a cada audição identificar aquela estranha sensação, talvez suportasse com mais resignação a repetição da melodia imposta pelo filho.

Mas talvez a visão merecesse o primeiro lugar, porque era através dela que ele podia assumir a condição de espectador, do *voyeur*, do sujeito que deixou de existir enquanto sujeito, de alguém que perdera a sua individualidade. Só haveria o objeto a ser olhado, e esse objeto era o corpo de Daniela, que se movia harmonicamente diante dele, transpirando uma sensualidade que o excitava como nunca.

Se por princípio a sua natureza diurna inibia ou até mesmo demonizava quaisquer perversos desejos sexuais que o assaltassem, ali, imerso na escuridão daquele ambiente, quebrada apenas pelos *flashes* das luzes aleatoriamente emitidas pelas strobos da boate, rechaçava quaisquer signos ambivalentes e liberava todos os seus desejos, situados na mais profunda e proibida obscuridade de sua mente.

O problema foi que a sensualidade transmitida pelo corpo em movimento de Daniela não se restringiu apenas ao seu olhar; ela se alastrou também pelos campos visuais de outros, e, tal qual a rapidez do veneno de um réptil, espalhou-se pelo local e despertou o interesse de um homem que se aproximou e começou a dançar em frente a ela, numa fragrante demonstração de libidinoso assédio dançante. Ahmed se preparou para tomar alguma iniciativa e enxotar aquele que passara a considerar como seu concorrente e que, como um animal pavoneado, dançava a dança da conquista diante da sua fêmea. Abortou a iniciativa quando notou que Daniela correspondia ao intruso. Decepcionado com o que vira, voltou ao bar para comprar água e, ao voltar, notou que Daniela estava saindo com o estranho. Ela estava distante de Ahmed e, ciente de que a estridente música abafaria qualquer tentativa de comunicação por voz, falou com os lábios que iria dar uma volta, que ele não se preocupasse. Ele fez menção de alcançá-la, mas tudo parecia conspirar contra a sua iniciativa. A multidão que freneticamente saltitava à sua volta parecia barrar qualquer tentativa de avanço que ele fazia em direção à porta, que àquela altura já dera passagem a Daniela e a seu novo par.

O pânico tomou conta dele. Daniela só tinha dezesseis anos, e, apesar de aparentar mais idade, era uma menina, aparentemente sem noção do perigo que poderia estar correndo; e, acima de tudo, estava sob sua responsabilidade. Com a esperança de que ela pudesse ter saído para dar uma volta, resolveu esperar pelo seu retorno ali mesmo.

Duas horas depois, cansado pela inútil espera, resolveu voltar para casa. Enquanto caminhava de volta, pensou no que deveria fazer: ligar para os seus pais, avisar a polícia ou esperar mais um pouco. Ela podia aparecer sã e salva em mais alguns momentos. Absorto em seus pensamentos, não se dera conta de que deveria, a três quarteirões, ter deixado a Notting Hill Gate e entrado na Ossington St., rua onde morava. Irritado com a distração, deu meia-volta e retornou.

Em cinco minutos já estava diante de sua casa; pegou a chave, abriu a porta, e, tão logo entrou, imaginou ter ouvido ruídos. Acendeu as luzes da sala e dirigiu-se ao escritório, agora, temporariamente, transformado em quarto para hospedar Daniela. Talvez ela já tivesse voltado para casa. Não havia ninguém. Dirigiu-se à escada que levava ao segundo andar da casa, onde ficavam o seu quarto e o de seus pais. Os ruídos que pensara ter ouvido voltaram, agora com mais intensidade. À medida que subia os degraus identificava com mais clareza os sons que pareciam vir do quarto de seus pais. Por um momento, a voz, os gemidos e os risos que lhe chegavam aos ouvidos pareciam ser de Daniela. "Não, não, ela não seria capaz de fazer isso, devo estar imaginando coisas", pensou.

Quando chegou em frente ao quarto dos pais, o que viu e ouviu através da porta deixada entreaberta pelo casal confirmou as suas suspeitas. Naquela noite, o seu paladar e o seu tato já lhe haviam proporcionado experiências desagradáveis; chegara agora a vez de sua audição e de sua visão darem mostras de que também podem ser mensageiras de decepções ainda maiores. Sem que fosse notado, entrou no seu quarto, que ficava ao lado, bateu a porta com toda a força que tinha e usou todo o ar de seus pulmões para gritar "PORRA!", o único palavrão em português que havia aprendido com a Daniela.

As atitudes de Ahmed foram suficientes para pôr fim à aventura sexual de Daniela que acontecia no quarto ao lado e afugentar a pessoa que havia usurpado sua fantasia de ter alguma coisa com ela.

No dia seguinte, antes de se levantar, Ahmed, mais calmo, refletiu sobre tudo o que havia acontecido e colocou para si mesmo uma questão: "O que efetivamente me irritou? O fato de eu ter visto Daniela, em fragrante desrespeito, usar o quarto de meus pais para trepar com um estranho, ou o fato de que alguém se adiantou e me tirou a oportunidade de fazer o mesmo? Ou, quem sabe, não teriam sido as duas coisas juntas?"

Espreguiçou-se e já se preparava para deixar a cama, quando ouviu Daniela bater à sua porta.

— Entre, a porta não está trancada — disse ele, com uma fria inflexão vocal.

Mal se encostara no respaldo da cama, ela surgiu diante dele, vestida apenas com calcinha e sutiã.

— Precisamos conversar — disse ela.

— Acho que não temos nada a nos dizer.

— Sei que você está chateado e que tem toda razão, mas bebi muito e acabei indo na conversa daquele cara de ontem, de quem não sei sequer o nome.

— Bebeu muito? Como bebeu muito? Você me deixou com a cerveja que havia pedido e se foi. Não ponha, portanto, a culpa na bebida. A bebida já tem servido como bode expiatório para muita gente. E ainda assim, há certas coisas que, mesmo sob o maior porre, têm que ser reprimidas.

— Eu sei, mas...

— Mas..., mas... — interrompeu. — Não se preocupe, ninguém vai saber o que aconteceu. Paremos por aqui. Já disse. Preferia que não nos falássemos mais.

Ela saiu do quarto chorando e, por um momento, Ahmed pensou em ir ao seu encontro e dizer-lhe que a perdoava e que já esquecera tudo. "Não, ainda não era o momento para fazer isso. Ela precisava saber que o que fizera não tinha precedentes", concluiu.

Não saíram de casa naquele sábado. Após o almoço, Ahmed lia um livro em um dos sofás da sala quando Daniela entrou, disse olá e, sem esperar pelo cumprimento dele, sentou-se em uma cadeira de balanço que ficava em frente ao seu sofá, a não mais que dois metros dele. Ela usava fones de ouvido e, a julgar pelos movimentos que fazia com a cabeça, ouvia alguma música de ritmo rápido.

Um largo e curto vestido substituíra a calcinha e o sutiã que vestia pela manhã, quando foi ao quarto de Ahmed, e essa era, agora, a sua única vestimenta. Ela mantinha os olhos fechados, para melhor se concentrar na música que ouvia, e as pernas estrategicamente afastadas, deixando à vista toda a sua genitália. Não havia mais dúvidas para Ahmed, a visão era para ele o mais importante dos sentidos; podia lhe causar alguns dissabores, mas por outro lado, podia também lhe proporcionar a mais bela e apetitosa vista do mundo. Manteve o livro na mão para puro disfarce. A imagem que via o hipnotizava e sequestrava-lhe toda a concentração, antes dispensada à leitura. Torturado pela dúvida entre esquecer tudo e avançar sobre Daniela ou continuar mostrando que não aceitava o que ela fizera, resolveu deixar a sala e ir para o quarto.

Deitou-se de bruços, enfiou o rosto no travesseiro e tentou livrar-se de todo e qualquer pensamento. Não conseguiu.

A imagem de Daniela não saía de sua cabeça. Alguns minutos depois, ele se virou e lá estava ela, em pé, encostada à porta e completamente nua. Totalmente extasiado e dominado pelo que via naquele momento, Ahmed teve sua existência submetida à exuberância de Daniela, cujo corpo assumira-se como *locus* de um poder, com potência suficiente para se assenhorar de toda a sua consciência e modificar os princípios éticos que ainda o impediam de tomar atitudes mais ousadas. Com a rapidez de um relâmpago, arrancou a bermuda e a camisa que vestia. Já não tinha mais dúvida do que fazer.

4

Uma excursão à cidade de Bonn organizada pelo colégio de Daniela deu aos dois a oportunidade de estarem juntos mais uma vez. Não fora difícil para os pais de Daniela convencerem Dabir e Khalidah a autorizar a viagem do filho. O argumento utilizado era o de que em mais dezoito dias deixariam Londres e iriam para o Rio de Janeiro; aquela seria uma boa oportunidade para que Ahmed pudesse conhecer uma cidade da Alemanha e para que pudesse passar um tempo maior com a amiga. Quando perguntado pela mãe se gostaria de fazer a viagem com Daniela, ele se conteve para não gritar que desejaria e muito ir com ela, para dar continuidade ao que haviam iniciado na semana anterior. — Bem, como a escola ocupará todos os quartos disponíveis do hotel onde ficarão, faremos uma reserva em um hotel vizinho — disse Dabir para o filho. Um sorriso de satisfação tomou conta dos lábios de Ahmed. Afinal, era tudo de que precisava, um quarto de hotel só para ele, longe dos olhares curiosos de colegas e dos inspetores do colégio de Daniela.

O hotel Mercedes, na rua Maarflach, fora o local escolhido por Dabir para hospedar o filho. O hotel Éden, que hospedava Daniela e os alunos do colégio, ficava próximo dali, na Am Hofgarten. Para que Ahmed fosse ao encontro de Daniela, bastava que seguisse à esquerda ao sair do Mercedes, pegasse a Lennestrasse à direita, seguisse em frente, cruzasse a Fritz-Tillmann-Strasse e desembocasse na Am Hofgarten. A distância que os separava, não mais que 240 metros, podia ser vencida em no máximo quatro minutos de caminhada.

Nos dois primeiros dias, com a desculpa de que não estava bem, Daniela esperava que todos saíssem e ia para o hotel de Ahmed. No terceiro e último dia, para não levantar suspeitas, resolveram passar o dia visitando os locais que a escola programara, abrindo mão, entretanto, da festa de despedida em uma boate da região. Preferiram jantar no Lenné Snac, restaurante na Lennestrasse, e dali foram para o hotel de Ahmed, onde ficaram por cerca de duas horas. Eram onze e meia da noite quando Ahmed deixou Daniela no Éden e voltou para o seu hotel; no dia seguinte pela manhã voltariam a Londres.

Às onze e quarenta Daniela telefonou para o hotel de Ahmed para pedir-lhe que pegasse o iPod que ela esquecera lá, mas na recepção informaram que ele ainda não havia chegado. Ela pediu que anotassem o recado e foi dormir. Às três e meia da madrugada, o telefone do quarto de Daniela tocou; era da recepção, pedindo que descesse, pois havia alguém querendo falar com ela. Ainda meio sonolenta, num primeiro momento imaginou que talvez Ahmed tivesse voltado e precisasse de alguma coisa; depois, teve medo de que seus furtivos encontros sexuais tivessem sido descobertos, mas essa teoria logo caiu por terra, pois deduziu que tal descoberta não seria revelada àquela hora imprópria da noite.

Vestiu uma roupa e desceu. Dois policiais a esperavam na recepção. — A senhorita conhece uma pessoa chamada Ahmed? — perguntou-lhe a policial. O tom de voz da mulher, apesar de sereno e confortador, assustou Daniela. Um pressentimento lhe dizia que acontecera alguma coisa com Ahmed. Por um instante, lembrara-se de quando soube que a avó fora atropelada; quem lhe dera a triste notícia utilizara o mesmo tom que a policial usava agora. Notícias ruins geralmente despertam piedade em seus portadores e, talvez por isso, não importa o idioma em que são proferidas, serão sempre iguais.

— É meu amigo — respondeu. — Moramos em Londres e ele veio na excursão do meu colégio. Aconteceu alguma coisa?

— O Sr. Ahmed foi vítima de um ataque, provavelmente de um bando da extrema-direita. Encontramos no local cinco pequenos montes de cinzas e alguns metais retorcidos.

— E como chegaram a mim?

— Achamos no bolso da jaqueta do rapaz um cartão deste hotel com o seu nome.

— E como ele está?

— Está no hospital, sofreu algumas fraturas, mas não corre risco de morte. Podemos levá-la até lá.

— Preciso antes avisar o inspetor da minha turma, com certeza ele irá conosco.

****

Fratura exposta no braço esquerdo e na perna direita, perda de quatro dentes e fratura da mandíbula foi o saldo da agressão sofrida por Ahmed. Após duas semanas internado no hospital em Bonn, retornou a Londres. Ainda teria que passar por algumas cirurgias corretoras, mas essas só seriam feitas posteriormente, quando estivesse no Brasil. O procedimento de correção da mandíbula fraturada impôs-lhe por um mês o fechamento da boca através de arames presos aos dentes, o que lhe obrigaria, durante esse período, a alimentar-se com comidas pastosas por meio de um canudo. Os hematomas que ainda tinha no rosto e a perda de peso imposta pelo regime forçado tiraram-lhe o encanto que costuma existir nos jovens da sua idade. Sua mãe, que viajou para a Alemanha tão logo soube do incidente, ficaria com ele em Londres por mais dois meses. Seu pai embarcou para o Rio de Janeiro no dia programado, pois tinha data marcada para assumir o novo posto e não podia retardar a viagem. Os pais de Daniela, assumindo de certa forma a culpa por terem convencido Khalidah a deixar que Ahmed acompanhasse a

41

filha, visitavam-na quase todos os dias. Daniela, contrariando as expectativas do amigo e amante, só o viu no dia em que ele retornou a Londres. Ele soube pela mãe que ela estava de namorico com alguém que tinha conhecido em uma boate. Por um momento, ele pensou em dizer para Khalidah que aquela pessoa que ela conhecera na boate e com quem estava saindo era a mesma pessoa que, na ausência dos pais, trepara com Daniela em sua cama. Mas abortou a iniciativa. Na terra onde nascera, aprendera que uma palavra, depois de proferida, já não mais lhe pertencia, e que poderia tornar-se uma arma na mão de inimigos, podendo chegar até a causar a morte.

Ahmed aproveitou a convalescença para ler ainda mais do que o usual. Estava animado com os livros: *Como funciona a ficção*, de James Wood, e a *Arte da ficção*, de David Lodge, que encomendara na Amazon e que foram indicados pelo jornalista inglês que conhecera em Mogadíscio.

Assim que Gerald Brow recebeu o e-mail de Ahmed pondo-o a par do que ocorrera, apressou-se em visitá-lo. Apesar da grande diferença de idade que os separava, não podia esquecer da ajuda que recebera de Ahmed quando chegou à Somália como correspondente de um jornal inglês. Fora convidado para participar de um ciclo de palestras sobre profissões na escola onde Ahmed estudava e ficara impressionado com o nível de perguntas que aquele jovem de apenas treze anos lhe fizera.

— Quer dizer, meu rapaz, que andaram te acertando?

— Me pegaram de jeito, não havia como me defender. Eram cinco, pareciam estar drogados ou qualquer coisa parecida. Só me lembro da suástica tatuada nos seus braços.

— Infelizmente o movimento neonazista vem ganhando força nesses últimos anos — lamentou o jornalista. — Já se espalhou por quase toda a Europa, mas por sorte ainda está desunido.

— À espera de um líder para comandar os massacres. Rezemos a todos os deuses para que isso não aconteça.

— Se você olhar a história das três ultimas décadas, verá que alguns líderes de extermínios coletivos, ainda que não sejam neonazistas, já estão por aí, travestidos de tiranetes, matando a população civil, não poupando nem mesmo crianças e velhos, e violentando impiedosamente meninas e mulheres. Mas falemos de coisas mais agradáveis. Vejo que você comprou os livros que te indiquei.

— E são muito bons, obrigado pela sugestão. Eles estão me ajudando a superar essa fase — comentou Ahmed. — Você tinha razão quando me aconselhou a começar a escrever. Achei que não conseguiria, mas ainda chegarei lá.

— Com certeza chegará, e depois, como lhe falei no e-mail, escrever nos transporta para outro mundo, o mundo dos personagens que criamos; o universo da falsificação da vida, onde apesar de não contarmos a verdade, somos verdadeiros — explicou. — Assim que você tiver algo, me envia por e-mail, terei muito prazer em avaliar os seus textos.

— Já rabisquei alguma coisa, mas ainda vou amadurecer o tema. Minha mudança para o Brasil poderá ser de grande ajuda e trazer novas ideias ao romance que quero escrever.

— E as garotas? Imagino que daqui a pouco uma dúzia delas entrarão por aquela porta.

Ahmed decidiu então contar para Gerald a história que tivera com Aisha e Daniela. Há muito ele queria um confidente. No passado ele nada escondia da mãe, mas agora a situação era outra; ele não sabia como dizer para Khalidah que trepara com Aisha e Daniela. Não sabia qual seria a reação da mãe. "E se ela decidisse contar para a família de ambas?", pensava ele, tremendo só em imaginar que isso poderia acontecer. Mas chegara a hora de compartilhar esse segredo, e ninguém melhor do que seu amigo inglês, que aos 35 anos já era mais do que maduro e saberia guardar suas revelações.

Depois de contar tudo a Gerald, Ahmed sentiu-se bastante aliviado.

— Pois é, Gerald, foi isso o que aconteceu. A Daniela procurou o tal cara e pelo visto andam por aí fazendo só Deus sabe o quê.

— Isso é assim mesmo. Não liga não, você ainda terá algumas desilusões — consolou ele. — Na sua idade eu também passei por poucas e boas. Fui vítima de minha insegurança e sofri um bocado com as mulheres. Não acho que seja o seu caso, mas eu tinha um ciúme doentio, felizmente logo curado, e enchia o saco de minhas namoradas. Mas o mundo não acabou e aqui estou, vivendo agora com a minha quinta mulher.

— Porra! Você se casou cinco vezes? Oh! Desculpe-me, Gerald, aprendi isso com a Daniela, claro. É um palavrão em português, às vezes esqueço e o utilizo — justificou. — Acho que é perfeito para expressar uma reação de surpresa. E tem uma sonoridade que se presta muito bem para esse fim.

— Ao longo desses últimos dez anos, vivi com cinco mulheres diferentes. Mas vou te confessar uma coisa: só mudam as mulheres, os problemas continuam os mesmos; exceto com a minha segunda mulher, que tentou me matar.

— Tentou te matar? — ecoou Ahmed.

— Era uma brasileira, belíssima, com corpo escultural, mas dona de uma baixa estima descomunal, da qual nunca quis se desfazer. E aí, num belo dia, estávamos na praia, havia pouca gente, alguns idosos e crianças, e de repente ouvi alguém gritar por socorro. Era uma jovem se afogando. Lancei-me ao mar, consegui retirá-la e, quando finalmente chegamos à areia, ela estava desmaiada. Fiz respiração boca a boca e, por sorte, depois de vomitar quase todo o oceano, ela voltou a si.

— E aí a tua mulher tentou te matar ali mesmo, na frente de todos?

— Ela não disse uma palavra, apenas amarrou a cara e disse que queria ir embora. Estávamos a caminho de casa e, quando passávamos por um túnel, ela acelerou, jogou o carro contra a mureta que dividia as pistas e..."

— O quê? — interrompeu Ahmed. — Então ela tentou se matar também?

— Acredito que sim, talvez tenha sido essa a intenção. Ela dirigia como uma louca, e dava ao carro ares de um bólido desembestado. Parecia estar em transe.

— Mas você me disse que morou no Brasil dos dez aos doze anos.

— O que faltou dizer é que voltei anos depois, como correspondente político. Portanto, voltando aos palavrões, não se preocupe, conheço-os todos — Gerald disse com malícia. — Eu ficava em Brasília de segunda a quarta-feira; na quinta pela manhã, às vezes mesmo na quarta à noite, ia para o Rio de Janeiro e lá ficava até segunda de manhã. Os políticos por lá não são muito de trabalhar, mas talvez seja melhor assim.

— Como melhor assim? Você acha mesmo? Os caras não estão lá para trabalhar para e pelo povo que os elegeu e que paga os seus salários? — perguntou Ahmed indignado.

— Peraí, já me explico. Não vá pensando que eu defendo o ócio excessivo dos congressistas brasileiros. Se com as poucas horas semanais que destinam ao trabalho já aprontam poucas e boas, imagine se adotam dedicação exclusiva.

— Gerald, gente corrupta existe em todo o mundo.

— Mas em alguns lugares a terra é mais fértil e os produz em quantidade. Ademais, essa produção já vem blindada contra vergonha na cara — acrescentou —, não deixando espaço para arrependimentos. No tempo em que vivi lá, nunca vi um corrupto se arrepender.

— Pode ser que não se achem corruptos.

— Talvez, talvez, Ahmed. Nesse caso poderíamos dizer que vivem a mesma situação dos mentirosos contumazes. Mentem tanto que em uma determinada hora costumam acreditar que as suas mentiras são verdades. O corrupto rouba tanto que acaba encontrando uma justificativa para a apropriação indébita que faz; acaba achando uma capa moral para vestir os seus atos.

— Já começo a ficar preocupado — observou Ahmed —, em mais algumas semanas estarei indo pra lá.

— Aí, meu amigo, depende da forma como você vai encarar tudo por lá. Mas não terá problema se optar por ser apenas uma espécie de turista.

— Como assim?

— O turista não quer saber se o governador, o prefeito, os deputados e senadores, ou seja lá quem diabos for, está roubando descaradamente. Ele não tem laços com a terra e não será afetado emocionalmente; não ficará indignado como ficam as pessoas de bem que são do lugar.

Enquanto Ahmed digeria o que acabara de ouvir, Khalidah, dirigindo-se à porta do quarto do filho, interrompeu.

— Ahmed, o seu amigo quer beber mais alguma coisa?

— Não se preocupe, senhora, estou bem — respondeu Gerald educadamente.

— Se precisarem de alguma coisa me chamem, estarei na cozinha — disse ela, afastando-se logo em seguida.

— Acho que a sua mãe não gosta muito de mim — observou o jornalista.

— No passado talvez ela achasse que você era o responsável por algumas atitudes, digamos, revolucionárias, que eu tomava, mas hoje já não pensa mais assim.

— Espero que você esteja certo. Mas voltando a seus projetos de vida, que faculdade pretende fazer?

— Estou entre literatura, filosofia e jornalismo.

— Opa, ainda que estejam na mesma área, são bem distintas umas das outras.

— É verdade. Mas a balança está pendendo para o jornalismo; acho que me dará mais condições de escrever romances.

— Não é bem assim. Existem médicos, advogados e outros tantos das mais variadas profissões que se tornaram excelentes escritores.

— Concordo, mas o fato de que no dia a dia o jornalista tem que escrever sobre variados temas lhe dá uma certa vantagem sobre os outros — observou o rapaz. — Acaba adquirindo naturalmente uma disciplina que o ajudará como escritor.

— Vocês já sabem onde vão morar?

— O escritório do meu pai fica na cidade, mas ele está preferindo morar na zona rural, a uma hora do local de trabalho.

— Diga a ele que essa uma hora, dependendo do trânsito, pode se transformar em duas e meia, no mínimo. O trânsito por lá era um inferno, pelo menos naquela época, e parece que piorou. Excesso de carros e vias pra lá de ruins.

— Fazer o quê? Meu pai gosta de ver terra batida — justificou. — Fico com eles por um tempo. Quando fizer dezoito anos, vou procurar alguém para dividir um apartamento comigo. Aí me mudo para a zona sul, que já soube ser a melhor área da cidade.

Depois de conversarem mais um pouco, Gerald se despediu, dizendo que o visitaria mais duas ou três vezes antes que ele partisse. E assim fez.

Dois dias antes da partida, quando chegou à casa de Ahmed, havia outras visitas.

— Volto mais tarde? — perguntou ao amigo.

— Não, não, entre. Deixe-me apresentá-lo a Daniela e ao seu namorado — respondeu Ahmed, tentando disfarçar o desagrado que sentia com a presença dela e de sua companhia.

Gerald, vendo que a situação aborrecia Ahmed e contrariando o jeito circunspecto que tinha diante de estranhos, puxou conversa com Daniela. Disse que já estivera no Brasil, que gostara muito do país e, quando todos já estavam descontraídos, contou algumas estranhas e engraçadas situações vividas por ele no país, conseguindo arrancar algumas risadas de todos.

Contou o caso de uma conhecida modelo cujo carro ficara preso em uma das *blitze* que a polícia fazia para flagrar motoristas que consumiram bebidas alcoólicas.

— Também fomos parados, eu e minha namorada, mas não tivemos problemas; a tal modelo e seu acompanhante nos pediram uma carona. Dissemos que poderiam vir conosco e, cinco minutos depois, para nossa surpresa, ela pediu licença e disse que estava com vontade de fazer um boquete no namorado, e foi o que fez. Quando terminou, deu um sorriso e disse que deveríamos fazer o mesmo — recordou. — Ah, houve ainda um outro caso que até hoje me lembro bem. Eu entrevistava uma jovem ativista em um congresso ecológico, quando ela me perguntou se eu sabia exatamente o significado da palavra *estufa*. Antes que eu pudesse responder, ela me pediu que fechasse os olhos e lhe desse a minha mão direita. Fiz o que me pediu, ainda que não tivesse entendido qual era sua intenção. Pois bem, acreditem ou não, minha mão foi parar entre as coxas da moça, obviamente, guiada por ela mesma.

Por solidariedade ao amigo, Ahmed dera um sorriso amarelo. Os episódios que acabara de ouvir e tudo o que Daniela lhe aprontara levaram-no a julgar sectariamente as mulheres do Brasil. Rechaçou imediatamente o pensamento e concluiu que não era justo avaliar o comportamento das mulheres de um país pela equivocada ação de algumas delas. O que fizera era preconceituoso, e, acima de tudo, de uma santa ignorância.

Estranhou-se, afinal, apesar de sua pouca idade, aprendera com suas leituras que não se devia julgar ninguém. Ainda não superara totalmente o que acontecera entre ele e Daniela, mas confortou-se, pois em breve estaria pegando um avião para o Rio de Janeiro, onde uma nova vida o esperava.

5

Khalidah já estava entrando no táxi que os levaria ao aeroporto de Heathrow quando resolveu voltar à casa para ver se não havia esquecido nada. O ataque sofrido pelo filho e o acúmulo de coisas a fazer haviam-na sobrecarregado muito e, nos últimos tempos, ela vinha apresentando alguns lapsos de memória. Dez minutos depois, Ahmed pegou o celular e ligou para a mãe, dizendo que havia trânsito e que levariam quase uma hora para chegar ao aeroporto; ela precisava se apressar, porque senão perderiam o voo.

— Não sei onde coloquei os passaportes, Ahmed. Pensei tê-los posto na bolsa, mas não os encontro.

— Mamãe, estão comigo. Você os entregou pra mim há pouco, antes de voltar para ver se não esqueceu nada.

— Eu não me lembro, mas se estão aí, o problema está resolvido — disse, aliviada. — Ah, encontrei uns papéis com alguma coisa que você escreveu. Deixo-os aqui?

— Traga-os, por favor, agora o esquecido fui eu.

A caminho do aeroporto, Ahmed, com olhar absorto para a paisagem londrina que via através da janela do táxi, fazia um balanço de toda a sua vida. Vieram-lhe à lembrança as últimas férias na aldeia da avó. Por onde andariam Aisha, Haken e todos os outros amigos?

Naquele momento ele sofria por antecipação, talvez porque pressentisse que a vida se encarregaria de lhes dar diferentes destinos. "Será que nos esqueceremos uns dos outros, que tudo ficará no passado, sepultado pelo nosso futuro?", perguntou-se. Se a sua história seguisse o mesmo curso que a dos seus pais, não havia do que duvidar; afinal, Dabir e Khalidah já haviam passado pela mesma situação e não cultivaram nem uma das amizades da época em que eram jovens. Alguns desses poucos amigos perderam precocemente a vida; os demais se dispersaram, desaparecendo dos seus convívios como se nunca neles tivessem estado. Talvez não tenham sentido a perda porque não pensaram nela como ele o fazia agora. "Mas se essas amizades eram boas e ofereciam momentos agradáveis, por que deixá-las ir? Por que não mantê-las?", pensou. Devia haver algum mecanismo responsável por esse afastamento que ele ainda não identificara. A velha desculpa de que o rumo que cada um toma forçosamente compartimentaliza as pessoas em diferentes estratos não o convencia. Tomou como exemplo o seu amigo Haken, que não tivera a sua sorte, tendo crescido sem poder estudar. Mal assinava o seu nome, mas o que importava? Isso o fazia diferente dos seus outros amigos? Ele achava que não. O que importava era o fato de Haken ser um pessoa generosa e leal, aí sim, diferente dos muitos que se diziam seus amigos. Bons sentimentos podem habitar tanto em pessoas cultas como em pessoas iletradas. Ele achava que uma pessoa culta que tivesse dentro de si a maldade poderia instrumentalizar melhor os mecanismos de ação desse sentimento e assim otimizar os seus ataques. Nessa hora não pôde deixar de comparar o comportamento de Aisha e o de Daniela; uma nascida em família humilde, com poucos recursos, mas que levava a vida decentemente; a outra, bem-nascida e já aprontando.

Sua silenciosa especulação foi interrompida pela chegada ao aeroporto. Pagaram o táxi, agradeceram ao motorista e se dirigiram ao balcão do *check-in* da companhia aérea que os levaria ao Rio de Janeiro. Por sorte, a empresa de Dabir enviara os bilhetes da classe executiva, o que lhes dava prioridade de atendimento e sala VIP no aeroporto. Desse modo, não precisavam enfrentar as extensas filas que se formaram nos guichês de atendimento e poderiam esperar o voo com mais conforto e em ambiente menos tumultuado. Um descuido do agente de viagens que marcara o voo colocou Khalidah e Ahmed sentados em assentos distantes. Ele rezava para que não se sentasse ao seu lado um desses chatos que puxam conversa, não o deixando ler o livro que trouxera para a viagem. Tão logo chegou à porta do avião, mostrou seu bilhete e a comissária o orientou a dobrar à esquerda, onde se localizava a primeira ala das poltronas da classe executiva. Diante do seu assento, retirou da bagagem de mão um livro e a cartela dos comprimidos que ainda tomava por conta dos ferimentos que sofrera. Depois disso, abriu o maleiro que correspondia ao seu assento e guardou sua pequena mala, fechando o compartimento logo em seguida.

Mal se acomodara na poltrona, chegou a pessoa que estaria sentada ao seu lado pelas próximas doze horas. Uma bela mulher que beirava os cinquenta anos deu-lhe boa-noite, pediu licença e sentou. — Não se preocupe, meu jovem, não vou molestá-lo com conversas desnecessárias, não sou dessas tagarelas que falam pelos cotovelos. Você vai conseguir ler o seu livro — disse-lhe com voz firme. Ele não sabia o que dizer à mulher, ainda que apreciasse o que ela havia dito. Naquele momento, se havia uma coisa que ele mais desejava no mundo era não ser perturbado. Seu desejo foi atendido; a mulher dormira durante quase toda a viagem, e mesmo quando o avião enfrentara forte turbulência não trocaram nem uma palavra. Ela só falou quando o avião se preparava para o procedimento de descida no aeroporto do Galeão, no Rio de Janeiro.

— Então, conseguiu ler com a tranquilidade que queria? Mas antes que você me responda, deixe que eu me apresente, sou Alessandra Braga — disse a mulher, estendendo-lhe a mão.

— Eu sou Ahmed Abd-all-Hakin; muito prazer e obrigado.

— Já sei que está me agradecendo por não tê-lo perturbado. Eu não o faria por nada; trabalho com livros e me agrada muito ver um jovem como você lendo — explicou. — Vejo que tem em mãos um livro do Emanuel Swedenborg, *Do inferno, do céu e dos anjos.*

— Aqui ele diz que em sua casa em Londres recebera a visita de Jesus, que lhe teria dito que a Igreja estava em declínio e que lhe cabia renová-la. Para mim, o mais interessante de sua obra está no fato de que ele defende a ideia de que o livre-arbítrio não termina com a nossa morte, como nos dizem as doutrinas ortodoxas. Mesmo depois de mortos, temos o livre-arbítrio para ganhar o céu ou sentenciarmo-nos ao inferno. Para ele há uma região intermediária, a chamada região dos espíritos, onde os homens ora conversam com os anjos, ora falam com os demônios. Alguns se sentem mais atraídos pelas conversas dos anjos, outros pelas conveniências apresentadas pelos servos de Lúcifer, e daí fazem as suas escolhas. Ainda segundo ele, quem estivesse nessa região intermediária poderia subir através de fendas e visitar o céu, ou, através dessas mesmas fendas, descer aos infernos. Depois disso então fariam as suas opções.

Diante de sua mais nova conhecida, embasbacada com a segurança que ele demonstrara ao falar sobre a obra de um autor do século XVI que poucos conheciam, Ahmed contou que gostaria de começar a escrever. Ela lhe deu seu cartão e pediu que a procurasse em seu escritório.

O avião fora obrigado a estacionar no pátio, longe dos braços que interligam o terminal às aeronaves e que permitem aos passageiros desembocar diretamente nos corredores do aeroporto. Seria preciso esperar por um ônibus, que os levaria até o local onde recolheriam as malas.

Quando as portas do avião se abriram, uma baforada de ar quente, cuja emissão parecia ter saído da fornalha do demo, invadiu o ambiente. Se restava alguma dúvida de que haviam chegado, ela desaparecera com o brusco aumento de temperatura.

Uma hora e quarenta minutos foi o tempo que as malas levaram para chegar às mãos de Ahmed e sua mãe. Apesar da longa e cansativa viagem e da demora na entrega das bagagens, eles não estavam estressados. Tudo era diferente e novo para eles, e suas tolerâncias ainda teriam reserva para enfrentar mais alguns dissabores. Depois de libertos de todos os entraves burocráticos, cruzaram a porta que conduz ao local onde parentes e amigos aguardam os passageiros. Saíram e procuraram por Dabir, que àquela altura já deveria estar à espera dos dois. Como não o encontraram de imediato, sentaram-se em dois bancos que havia disponíveis. Cinco minutos depois avistaram Dabir, que caminhava acompanhado de uma pessoa que vestia um traje negro. O encontro não foi marcado por muita efusividade, talvez porque se falassem todos os dias via Skype. Sinal dos tempos e do progresso, que começara há mais de 20 anos e que avançava a passos largos . A virtualidade apagando as manifestações de carinho.

— Queridos, que tal a viagem?

— Exceto pelo tempo de espera das bagagens e de uma ou outra turbulência, a viagem foi boa — disse Khalidah. — Ahmed fez amizade com uma agente literária, que já o convidou para uma conversa de trabalho — acrescentou.

— Trabalho? — perguntou Dabir, admirado.

— Não foi bem assim, papai. Conversamos sobre o livro do Swedenborg. Ela me deu seu cartão e disse-me para aparecer no escritório.

— Bem, deixe-me apresentá-los ao padre Antônio. Nos conhecemos aqui no saguão, enquanto os aguardava. Ele está à espera de um voo que vem de Roma.

— E parece que ainda ficarei aqui por mais um tempo — disse o padre, cumprimentando Ahmed e Khalidah com um largo sorriso.

— Vamos pedir licença e desculpas ao padre Antônio por não podermos lhe fazer companhia — disse Dabir —, mas temos de ir, uma pequena viagem nos espera e...

— Não se preocupem, meus filhos, ficarei bem — interrompeu o religioso. — Já já encontro uma outra alma caridosa que esteja disposta a me ouvir. Minha senhora e meu rapaz, sejam bem-vindos ao Rio de Janeiro. Seu pai tem os meus contatos, apareçam quando puderem.

A viagem para o sítio onde iam morar levaria cerca de cinquenta minutos. Durante o trajeto, Dabir ia explicando como fizera o negócio e dando informações sobre o lugar, uma pequena localidade do estado. Para Ahmed, por algum motivo aquela viagem que fazia agora o remetia à última que fizera com o pai, quando foi à casa da avó. Tudo era diferente, a vegetação, a estrada, os automóveis, mas ele sentia que havia um elo entre as duas. — Falta muito ainda, papai? — perguntava a cada cinco minutos. — Já estamos chegando. Entendo a sua impaciência, Ahmed, mais um pouco e estaremos lá — respondia o pai.

As casas que margeavam a estrada escasseavam à medida que eles avançavam; em seus lugares surgiam grandes árvores com pequenos frutos negros nos troncos.
— São jabuticabeiras, árvores da Mata Atlântica que podem chegar aos dez metros de altura — explicou o pai. Temos muitas dessas lá no sítio. — Ahmed então já se imaginou na sombra, fazendo suas leituras sob uma delas.

Deixaram a estrada, pegaram um caminho vicinal e, depois de percorrerem mais seiscentos metros, chegaram. — A partir daqui, tudo o que está à esquerda e à direita faz parte da nossa propriedade — disse Dabir com orgulho.

A casa principal, rodeada por grandes varandas, era grande e antiga, e já começara a ser reformada pelo novo dono. Havia ainda três pequenas casas que abrigavam os empregados do sítio, duas delas situadas na parte de trás da grande casa, e uma terceira, mais isolada, a cerca de duzentos metros, que ficava à beira de um grande rio que cortava toda a propriedade.

— Meus amigos, a Khalidah, minha mulher, e o meu filho Ahmed chegaram finalmente — disse Dabir apresentando Osvaldo, Jurandir e suas mulheres, Maria e Zélia, aos recém-chegados.

Em seguida, quando os empregados já haviam saído, Dabir virou-se para os dois:

— Vocês precisam conhecer também o Dionísio. É uma boa pessoa, mas um tanto estranho. Dizem por aí que ainda mantém a tradição de seus ancestrais que foram escravos, fazendo alguns rituais para invocar os espíritos. Pura crendice.

— Mas por que uma casa tão grande, Dabir? — perguntou Khalidah, apreensiva. — Não seria melhor termos ficado na cidade?

— A mamãe tem razão, papai. Isso aqui me lembra muito a aldeia da vovó; acho maravilhoso, mas um tanto longe da cidade. No próximo ano deverei ir para a faculdade e...

— Não se preocupe, meu filho — interrompeu Dabir. — Você terá o seu carro, mas se achar que o deslocamento é muito cansativo, podemos comprar um apartamento próximo à faculdade — completou. — Além do mais, a vida aqui é infinitamente melhor, sem poluição e com mais segurança.

— Para que uma casa com oito quartos? — perguntou Ahmed para si mesmo. Acabou por escolher um dos quartos que ficava no segundo andar, nos fundos da casa, cuja janela dava para um jardim. Palmeiras, pandanos e estrelítzias, entre outras espécies, compunham o espaço e davam ao paisagismo um ar tropical; além disso, resguardavam a piscina dos olhares curiosos.

Sendo o clima no interior da casa mais ameno, Ahmed resolveu não ligar o aparelho de ar-condicionado. Ele era adepto da preservação do meio ambiente e sempre que podia evitava usar aparelhos que emitiam gases de qualquer espécie. Resolveu deixar as grandes e pesadas janelas de madeira abertas para aproveitar uma agradável brisa que trazia o doce perfume dos lírios do campo, que ele ainda não conseguira avistar, mas que deveriam estar em algum lugar não muito longe dali.

O intenso brilho levemente prateado do luar invadia o seu quarto e incidia sobre três pequenos vasos de plantas esquecidos no patamar da janela. As sombras produzidas por essa luz projetavam-se no velho e encerado assoalho de madeira, um assoalho que assumira, naquele momento, a função de um espelho. Um espelho que refletia as imagens distorcidas de pequenos galhos entrelaçados e que terminavam por gerar equívocos de interpretação no seu expectador. Ahmed fixou o olhar nessas imagens projetadas e deixou-se embarcar em uma lúdica aventura, concebendo que aqueles redimensionados galhos entrelaçados eram parte de uma desconhecida e tenebrosa floresta. Uma desconhecida e tenebrosa floresta bem ali, diante dele, onde as armadilhas e os perigos poderiam surgir do nada, a qualquer momento. Logo em seguida, seus olhos emitiram sinais de que em breve se fechariam. Piscou uma primeira vez, sem ter dificuldade para elevar as pálpebras, e ainda podia ver claramente a floresta que a sua imaginação inventara; veio-lhe então uma dúvida: deveria ou não entrar nela? Piscou uma segunda vez, uma terceira, uma quarta vez, mas suas pálpebras agora pareciam ter vinte quilos; ainda conseguia elevá-las, mas as desfiguradas nuances da sua floresta imaginada haviam se transformado em uma mancha negro-acinzentada onde já não se podia identificar nenhum detalhe. Suas pálpebras se fecharam mais uma vez, já não tinha forças para levantá-las, teve que abortar a quinta piscada de olhos. Dormiria um pesado e intranquilo sono nas doze horas que se seguiriam.

"Olha só quem temos por aqui, pessoal, vagando em ruas europeias."
"Certamente não tem sangue europeu."
"Eu não sei quem são vocês, mas vendo pela forma como cortam os cabelos e pelo uniforme que vestem, são de alguma tribo de motoqueiros."
"O nosso amiguinho aqui tem uma boa pronúncia do inglês, o que é que vocês acham?"
"Pois é, tenho uma boa pronúncia do inglês, só lamento que vocês não a tenham e falem com esse sotaque. Acaso são franceses, talvez belgas, ou quem sabe canadenses? Não, não, acho que não são desses lugares. Talvez sejam de lugar nenhum; isso mesmo! Vocês não são de nenhum lugar."
"Não interessa de onde somos. Quem faz as perguntas por aqui somos nós."
"Vamos logo, vamos deixar claro para esse filho da puta que ele deve voltar para a sua terra; que ele saiba, a partir de agora, que a Europa não é lugar para seres inferiores."
"Vamos começar pelas pernas, assim ele não consegue fugir e poderemos ir até o fim com o castigo que esse merdinha merece."
"Parece que desmaiou."
"Mas ainda não acabamos, vamos dar mais algumas porradas."

“Já basta, não darão mais porradas em ninguém.”
“De onde surgiu esse cara? E que porra de roupa é essa?”
“Estou sentindo um calor, a minha pele está esquentando, parece que passam um ferro quente em mim. Estou ardendo, caralho, que merda é essa?”
“Eu também sinto o mesmo.”
“Eu também.”
“E eu idem.”
“Estou começando a queimar, a pegar fogo, e vocês também, porraaaaaaaaaaa...”
“*Al-hamdu lillah! Al-hamdu lillah!*”

6

Quando Ahmed acordou, o sol das dez já havia tingido o seu quarto de amarelo e dissolvido as sombras da noite anterior. Junto a ele, em cima da pequena mesa ao lado da cama, um copo com um líquido amarelado que ele julgou ser suco de laranja.

A leve brisa que balançava os ramos das árvores e atenuava o calor na noite anterior havia desaparecido. Em seu lugar, um ar quente e úmido prenunciava um dia muito quente.

Ele ainda podia sentir um forte cheiro de carne queimada. "Que pesadelo horrível. Fui dormir com um agradável perfume de lírios e acordo com esse terrível fedor", pensou, levantando-se em seguida. Foi à janela, entrecruzou as mãos e estirou o mais que pôde os braços à frente do corpo. Inclinou-se levemente para um lado, depois repetiu o movimento para o outro lado, voltou à posição inicial e deu um longo bocejo. Precisava livrar-se do torpor matinal que ainda o mantinha prisioneiro a uma preguiça que parecia dizer: "Volte para a cama, durma mais um pouco."

Pegou então o copo de suco e se debruçou sobre o patamar da janela. Preparava-se para tomar o primeiro gole, quando ouviu uma canção:

Vem vento caxinguelê,
vem vento caxinguelê, caxinguelê,
cachorro do mato qué te mordê,
qué te mordê...

Instintivamente jogou sobre um dos vasos todo o conteúdo do copo e procurou ver de onde vinha o som, mas as mangueiras, com suas enormes copas, impediam a localização da voz que entoava a canção. Resolveu esperar mais um pouco, antes de descer para o café da manhã. Debruçou-se novamente sobre o patamar da janela e deixou que sua imaginação o levasse de volta à aldeia da avó. Soltou então um longo suspiro, pois alguma coisa lhe dizia que não voltaria mais àquele lugar. — Será que só me restarão as recordações que fotografei com os meus olhos? — perguntou para si mesmo, com uma voz quase inaudível.

De repente, o ar quente e úmido começou a se agitar, insinuando-se sobre as folhas das árvores, para logo em seguida passar pelo seu rosto e invadir seu quarto.

Sua mania de especular silenciosamente e manter diálogos consigo mesmo levara-o a recordar-se quando, ainda em Londres, comparara os seus sentidos. Naquele momento, ao ver que todo o espaço de seu quarto antes preenchido por um espaçoso sol era agora também ocupado pelo vento, veio-lhe à cabeça uma comparação entre os elementos da natureza. Imaginou então um diálogo entre ele, o sol — representante do fogo — e o visitante que acabara de chegar, representando o ar.

"É, meu amigo sol, você que antes dominava todo este ambiente, será obrigado a compartilhá-lo com esse intruso, o senhor vento. Terá que aceitá-lo e convencer-se de que ele leva vantagem sobre você."

"Leva vantagem sobre mim? Abandone essa parcialidade, meu amigo, e tente justificar-se."

"Não lhe ocorreu que ele pode chegar a lugares desta casa que são proibidos a você?"

"Ora, você me diz que os meus raios não chegarão aos outros cômodos da casa; pois lhe digo, feche a porta e as janelas que o vento lá também não chegará."

"Alto lá, chego sim. Esqueceu que posso passar pelas frestas, pelos buracos das fechaduras? Sou o mesmo ar que já estava aqui, apenas comecei a me deslocar, a ficar em movimento; posso estar em todos os lugares. Posso ouvir as confidências e juras de amor trocadas pelos amantes, posso também escutar as confabulações e as conspirações que derrubam governos."

"E pode também ser testemunha das ordens que saem das bocas dos assassinos que decretam a morte de inocentes. Não vejo vantagens. Pois fique sabendo que sou pura energia, ofereço proteção contra o frio e ponho alegria nos dias", falou o sol com desdenhosa superioridade.

"E você se esquece também que posso ajudar o navegador e levá-lo a terra segura? Que também semeio os campos e levo para os quatro cantos as canções que se ouvem por aí?"

"É verdade, semeia os campos, mas também os destrói quando dissemina o fogo — replicou o sol."

"Fogo, meu senhor, que o senhor faz nascer com o seu calor."

O descabimento e a dinâmica dos diálogos que inventara começavam a surpreender Ahmed. Iniciara com o sol e o vento, cada um destacando as suas respectivas vantagens, mas logo, esgotados os seus arsenais, passaram para as ofensas mútuas. Então concluiu, "Ah, como as naturezas, humanas ou não, se parecem tanto."

— Ahmed, Ahmed, por que ainda não desceu para o café? Já já vai dar meio-dia e daqui a pouco será hora do almoço — disse sua mãe, aumentando o tom de voz para que pudesse ser ouvida.

— Estou indo, mamãe.

— Ah, até que enfim você aparece. Por que a demora? Dormiu demais?

— Bom dia, mamãe. Não diria que dormi demais, mas dormi razoavelmente bem, exceto por alguns pesadelos. E você?

— Ando com uma dor de cabeça muito estranha que não me deixou dormir — queixou-se. — Vou pedir a Anan que faça um café fresco, e antes que você pergunte quem é Anan, eu lhe digo: é a nossa governanta, enviada pela empresa. E quem cozinha é a Robelinda, uma exímia cozinheira.

— Anan? É um nome árabe.

— Os pais são da Etiópia e migraram para o Brasil há vários anos. Ela fala o nosso idioma, mas sugiro que vocês conversem em português, assim você melhora a sua fluência. Deixe-me chamá-la.

— Tomarei apenas um café; agora, agora, não tenho fome.

— Talvez seja mesmo melhor você não comer nada, daqui a pouco teremos o almoço e você precisa se adaptar ao novo fuso horário — e parou de repente. — Mas peraí, você disse suco de laranja? Eu não fui ao seu quarto para levar suco de laranja ou qualquer outra coisa. Deve ter sido Anan. Ela é mesmo um amor de pessoa.

— Eu já ia bebê-lo quando alguma coisa me levou a jogá-lo fora. Até agora não entendi o meu gesto, mas isso já não importa. O que importa neste momento é a sua dor de cabeça. Você precisa ir ao médico, nunca a vi reclamar disso.

— O neurologista em Londres já havia solicitado uma arteriografia, mas eu fui adiando, adiando, e...

— E acabará tendo um treco — interrompeu o rapaz —. Aí poderá ser tarde.

— Você tem razão. Na próxima semana pedirei ao seu pai que me providencie uma consulta. Assim você vem comigo e juntos passeamos pela cidade — disse animada. — E o que pretende fazer durante o dia, obviamente depois de cumprir com a sua meta diária de ler não sei quantas páginas?

— Cinquenta páginas, mamãe. Cinquenta paginitas, querida mamãe. Mas além dessa leitura ainda tenho que escrever umas tantas linhas.

— Ah, agora temos mais essa. Bom, e quanto tempo o meu menino escritor irá dispensar para tal tarefa?

— Talvez duas horas, uma e meia, não sei ainda. Depende muito. Algumas vezes a coisa flui rápido, outras, nem tanto. Mas para mostrar que sou tão radical quanto as normas que impus a mim mesmo, vou tirar o dia para conhecer tudo por aí.

— Se você sair pela porta dos fundos, vai passar pela piscina; dali ande uns trezentos metros e encontrará os nossos únicos vizinhos; a casa deles está logo depois dos grandes pés de manga.

— A senhora mal chegou e já conhece a região?

— Região não seria a palavra apropriada, tudo por aqui é muito vasto. Essas informações me foram passadas pelo seu pai.

— E por falar nele, onde está?

— No trabalho, mas disse que voltaria mais cedo.

— Bem, até logo, mamãe, vejo você mais tarde — disse ele, levantando-se e dirigindo-se à porta que o levaria aos fundos da casa.

Quando passou pelo jardim reparou que um homem gordo, com um boné na cabeça, limpava a piscina. Com movimentos lentos e compassados, ele movia os braços e deslocava o aspirador para a frente e para trás, na tentativa de sugar as pequenas quantidades de folhas depositadas no fundo da piscina. "Mais uma do senhor vento. Que o sol não veja isso", pensou Ahmed, lembrando-se do despropositado diálogo que inventara ao acordar.

Aproximou-se do homem, imaginando que fosse o jardineiro, e com seu forte sotaque disse:

— Bom dia, senhor.

— Bom dia, meu jovem. O senhor é o novo patrãozinho, não é mesmo?

— Prefiro ser simplesmente Ahmed, nada de patrão, e muito menos de patrãozinho.

— Desculpe-me, mas para mim o senhor é o patrãozinho, e é assim que vou chamá-lo. Regras e hierarquia são coisas muito sérias para mim.

— Se o senhor assim prefere, que seja. Gostaria de fazer-lhe uma pergunta.

— Pode dizer, patrãozinho, espero poder respondê-la.

— Hoje pela manhã ouvi alguém cantar uma canção estranha, chamando pelo vento. Vinha daquela direção — falou Ahmed, apontando para os pés de manga.

— O patrãozinho deve ter imaginado coisas. Eu estou aqui desde as sete horas da manhã e posso lhe jurar que não ouvi nada.

— Pois posso lhe assegurar que alguém cantava repetidamente uma canção. Cheguei mesmo a anotá-la no meu caderno. Veja com os seus próprios olhos, mas não sei se é assim que se escreve:

Vim ventu Kachintelê,
vim ventu Kachintelê Kachintelê,
cachorro do mati quer te mordir,
quer te mordir...

— Não é bem assim que se escreve, mas entendi o que o patrãozinho escreveu. Conheço bem essa canção.

— Será que ouvi coisas? Não, acho que não; meus ouvidos não me trairiam dessa forma.

— Vou lhe contar uma história. Há muitos anos, a vizinha que mora lá atrás...

— Minha mãe já me falou deles, mas desculpe-me pela interrupção. Por favor, continue.

— O filho dessa vizinha, o Jorge, gostava muito de soltar pipas. Você sabe o que é uma pipa, não sabe? — perguntou. — Alguns chamam de papagaio, mas eu prefiro usar pipa. Pois bem, o Jorginho, assim o chamávamos, vivia atrás do vento para empinar as sua pipas e costumava cantar essa canção para chamá-lo. Lembro-me como se fosse hoje, sua pipa era verde, vermelha e branca, com uma linda rabiola.

— Rabe... o que? Rabeiola?

— Rabiola, patrãozinho, é o rabo da pipa, formado por pequenas tiras de papel de seda, que a equilibram e a impedem de entrar em parafuso — explicou. O senhor entende, não é?

— Entendo, senhor... Ainda não sei o seu nome.

— Dionísio.

— Entendi, Sr. Dionísio, mas pode ser que o Jorginho estivesse cantando a canção e que o senhor não a tenha ouvido. Quem sabe não saiu para fazer alguma outra coisa? E lhe digo mais, coincidência ou não, logo após a canção o vento começou a soprar.

— Ainda não terminei de lhe contar a história. O Jorginho foi atropelado por uma bicicleta que o jogou contra um poste de luz. Um dente da frente quebrado e o rosto inchado foram as primeiras consequências. Dois meses depois, ele desmaiou, foi internado e entrou em coma. Morreu em uma semana. Pobre menino, todos gostavam muito dele por aqui. E pobre família — acrescentou. — O marido foi morto, e além do Jorginho, morreu também uma filha. De uma família de seis pessoas, restaram apenas a mãe e um casal de filhos.

— Isso tudo é muito estranho, Sr. Dionísio, muito estranho. Sonhar, não sonhei, porque, como o senhor mesmo pode ver, eu anotei a música no caderno.

— Se preocupe não, patrãozinho, coisas estranhas acontecem o tempo todo por aqui.

— Bem, de qualquer modo, obrigado por ter me contado a história. Agora vou dar uma volta para conhecer a propriedade.

— Vá com Deus, meu jovem. Quando quiser conversar, estarei aqui. Tenho a sorte de poder falar enquanto trabalho, situação negada para muitos — acenou Dionísio com a mão esquerda, enquanto a mão direita retirava-lhe o boné que tinha na cabeça.

Foi então que Ahmed notou que não havia sequer um fio de cabelo espetando a cabeça de seu interlocutor. Ele tinha o que se podia chamar de careca espetacular, lisinha, com um brilho de cor de madeira desbotada envernizada, como se tivesse sido encerada há pouco. "O cabelo que lhe faltava na cabeça se concentrara no vasto bigode, presente da natureza, quem sabe para consolá-lo?", pensou Ahmed consigo mesmo.

Ele deixou para trás a piscina e chegou à área das mangueiras. As copas das imensas árvores se juntavam na parte superior de tal forma a impedir que o sol pudesse atingir o solo onde estavam fincadas suas raízes. Exceção feita apenas quando o vento, afastando as suas folhas, permitia que pequenos espaços se abrissem e deixassem que um intermitente raio de sol chegasse ao chão, iluminando a sombreada região.

Ahmed pensou mais um vez no diálogo que criara logo que acordou e concluiu: "O senhor sol fica devendo essa ao vento."

O forte e úmido calor que fazia naquele ano fora amenizado pelo ar frio que circulava sob as grandes copas das mangueiras. Encostou-se em uma delas, levou a mão direita à testa, retirou o excesso de suor ali depositado e em seguida levou a mão até os olhos, afastando-a horizontalmente até que conseguisse ver a quantidade de suor recém-retirada de sua fronte. Seu corpo estava acostumado a temperaturas elevadas, mas com clima seco. O calor na sua terra natal era implacável, mas não provocava suores exagerados e tampouco impregnava a pele de uma grudenta oleosidade.

Agora que, à sombra, o calor fora amenizado, sentia-se confortável. Podia sentir o perfume das flores das mangueiras, abertas e à espera de insetos que viessem polinizá-las. Sentou-se, afastou as pequenas, quase minúsculas mangas verdes caídas pelo chão — provavelmente derrubadas pelo bico de alguma ave faminta —, juntou as folhas velhas que a mangueira havia expulsado de seus galhos e formou com elas um delgado colchão.

Em seguida, deitou-se e fechou os olhos, e foi nesse momento que tornou a ouvir a canção que escutara pela manhã:

Não havia dúvida; para ele, a voz que entoava a canção naquele momento era a mesma voz que ouvira pela manhã, e fosse lá quem fosse o cantor, parecia que estava bem ali, ao seu lado. Levantou-se, olhou para os lados e rodeou o tronco da árvore que lhe servia de abrigo, na tentativa de melhor identificar o local de onde saía aquela voz. Mas não obteve êxito; o canto sumira sem que ele pudesse identificar a exata direção de onde partira, deixando em seu lugar apenas o vento por quem clamara.

Intrigado, Ahmed deitou-se novamente no colchão de folhas que improvisara, levou os braços para trás e segurou com ambas as mãos o rugoso tronco da mangueira, fazendo dali um apoio para estirar os músculos e se espreguiçar. Notou então que, bem perto de sua cabeça, uma grande borboleta grudara-se ao mesmo tronco. Suas asas eram grandes e mostravam várias tonalidades de cinza, interrompidas por pequenas circunferências negras que distribuíam-se simetricamente em ambos os lados dessas asas. As pequenas circunferências desapareciam na parte oposta à cabeça do inseto para dar lugar a duas grandes figuras em forma de elipse, contornadas em toda a sua extensão por uma espessa linha branca. No interior desses dois desenhos, uma aveludada superfície marrom-escura fazia com que o conjunto se assemelhasse a dois grandes olhos. Ahmed esticou mais uma vez os braços e lentamente tentou segurá-la, mas não conseguiu. Apoiou-se então nos cotovelos, elevou a cabeça e parte do seu tórax para acompanhar que destino tomaria a sua ressabiada companhia. Pôde vê-la deslocando-se em ritmados movimentos, obedecendo a uma trajetória ziguezagueante, ora indo para a direita, ora desviando-se à esquerda. Acompanhou-a até onde seus olhos podiam alcançar. Estava tão concentrado na observação que não se dera conta de que alguém o chamava.

— Senhor, boa tarde.

— Boa tarde, mas por favor, não me chame de senhor. Parece que aqui todos têm esse hábito.

— Não o conheço, e a boa educação manda que chamemos de senhor os mais velhos e os desconhecidos.

— Não sou lá tão mais velho que você e, a partir de agora, tampouco somos desconhecidos. Me chamo Ahmed e vim de outro país, muito longe daqui. Pronto. Sem motivos para me chamar de senhor. E você é...?

— Damiana, mas pode me chamar de Ana. Detesto esse nome.

— Mas por quê? Para mim é um nome como outro qualquer. Imagino que esteja também detestando o meu nome.

— Detestar não detesto, mas desculpe a franqueza, ele é meio esquisito mesmo.

— Na minha terra é muito comum.

— Já sei, seria como Pedro ou João por aqui.

— Provavelmente. Mas você ainda não me respondeu. Por que detesta o seu nome?

— Bom, pensando bem, eu não sei por que o detesto.

— Ou talvez saiba e não queira me dizer. Talvez porque haja alguém de quem não goste e que tenha sido batizada com o mesmo nome.

— Sei sim, mas não é bem isso, não.

— Então me conte, por que hesita?

— É que mal acabei de conhecê-lo.

— Normalmente é mais difícil dizer certas coisas para alguém que se conhece. As palavras e os seus significados, uma vez saídos de sua boca, não mais lhe pertencem. Não se preocupe, tudo ficará entre nós. Prometo.

— Sou de família humilde, o senhor, ah, desculpe-me, você pode notar pelas minhas roupas, né?

— Não vejo nada de mais com suas roupas, mas vamos em frente.

— Como lhe dizia, meus pais são pobres. Ou melhor, a minha mãe é pobre; o meu pai morreu há alguns anos. Foi morto em uma briga de rua, deram-lhe uma dúzia de facadas no bucho.

— O que é bucho?

— É aqui, bem no estômago — explicou a garota, indicando o local com uma das mãos. — Mas para minha mãe foi melhor assim, viu?

— Mas como assim? Melhor?

— Ele bebia muito e todos os dias lhe dava uma surra.

— É uma pena, sinto muito. Mas até agora você não me disse por que não gosta de seu nome.

— É que esse nome só é dado a pessoas que são como eu.

— Como assim? Não entendi.

— Que são pobres, empregadas, e não patroas. Você conhece alguém com esse nome que seja muito rico? Duvido.

— Deixa de bobagem. Todo nome tem um significado, e pode ser que o seu tenha um significado nobre. Vou verificar e depois te falo. E depois, acabo de chegar. Como poderia conhecer alguém com esse nome?

— É mesmo, né? Como sou burra!

— Você é a segunda pessoa com quem converso desde que cheguei aqui.

— E quem foi a primeira? Ah, espere, não responda. Deixe-me adivinhar; foi Anan, não foi?

— Resposta errada, foi o Dionísio.

— Ah, o Sr. Dionísio. É um bom homem, mas inventa cada história...

— Que bom! Se é um contador de histórias, com certeza é boa pessoa.

— É, mas ele aumenta um pouquinho as coisas, sabe?

— Eu li que para contar uma boa história devemos ser verdadeiros, mas não necessariamente precisamos falar a verdade. Podemos fazer uma ficção.

— O senhor fala difícil, hem?

— Desculpe-me; ficção significa fugir da realidade, criar uma espécie de mundo paralelo, entendeu? Um lugar onde as pessoas que lá estão conseguiram romper as barreiras do mundo em que vivem. Está vendo aquela cerca ali, coberta de plantas e que separa a nossa propriedade daquela outra? — apontou. — Pois bem, é como se fizéssemos um buraco nela e passássemos para o outro lado.

— Mas aí eu chegaria na minha casa, porque é lá que eu moro.

— Não, não, estamos fazendo de conta. Lá do outro lado só haveria o mundo que o contador de histórias inventou. Entendeu? Mas já te disse para não me chamar de senhor.

— Tô aqui pensando uma coisa.

— Então fala, vamos, pode falar.

— Acho que a gente, que é gente viva, também tá separada da gente que é gente morta por uma cerca. Lá do outro lado está todo esse pessoal que já se foi, cada um vivendo no mundo que inventou.

— Ou quem sabe no mundo que o Criador inventou para ele.

—Acho que é isso mesmo. É uma pena, mas terei que ir agora, já passa das duas da tarde e há trabalho a fazer. Tenho meu tempo todo ocupado.

— Então eu te atrapalhei com essa conversa toda.

— Não, não, de modo algum.

Naquele momento, uma voz desconhecida começou a chamar por Ahmed.

— Sr. Ahmed, Sr. Ahmed, sua mãe o espera para o almoço.

— É a voz da Sra. Anan.

— Bem, até logo, Damiana, digo, Ana. Em um outro dia continuaremos a nossa conversa.

— Até logo, Ahmed.

7

Já sentado à mesa, Ahmed conversava com a mãe.

— O almoço está ótimo, mamãe!

— Você está comendo a famosa feijoada, sem a carne de porco , é claro. É um dos pratos típicos do Rio de Janeiro, e disputa com o churrasco e o bife de carne de boi com fritas o primeiro lugar na preferência dos cariocas. É mais servido no inverno porque é um prato pesado. Como não está tão quente, seu pai pediu que a Robelinda nos apresentasse ao feijão da terra.

— A senhora tinha razão, a Robelinda é uma ótima cozinheira. Preciso cumprimentá-la. Ela não estava quando saí pela cozinha hoje de manhã, e também não a estou vendo agora.

— Ela é meio arredia, pôs a mesa e deixou a Yeda para terminar o serviço.

— A que me foi apresentada há pouco?

— Isso mesmo.

— Também ainda não vi Anan, mas sei que foi ela quem me chamou para o almoço. Bom, já sei que temos Anan, Robelinda, Yeda e os que conhecemos na chegada. Há mais alguém?

— Há ainda mais três ou quatro; seu pai me falou sobre eles, mas confesso que não pude guardar o nome de todos, pois são contratados apenas na época da colheita — explicou. — Mas me conte, como foi o passeio pelo sítio?

— Foi bom. Conversei com o Dionísio e depois segui sua sugestão e fui em direção à casa dos vizinhos.

— Foi fácil encontrá-la, não foi? — perguntou, curiosa.

— Não cheguei até lá. Resolvi deitar-me à sombra daquelas espetaculares árvores junto à cerca que faz divisa com a casa deles. Que lugar fresco. Parecia que tinham ligado um ar-condicionado. Aquele frio gelava-me o sangue nas veias, mas, paradoxalmente, era agradável. Outra coisa que me chamou a atenção foi o perfume. Parecia que ele me trazia um sentimento, como poderei dizer, de..., de...

— De felicidade?

— Isso, mamãe, de felicidade. Era o emissário da felicidade. De qualquer modo, fiquei intrigado. Não consegui saber de onde vinha aquele doce aroma.

— Na certa exalado pelas flores das mangueiras.

— Mamãe, estamos em agosto. A floração das mangueiras se dá entre maio e setembro, mas este ano parece que se antecipou e terminou mais cedo.

— E como você sabe disso, Ahmed?

— Quando voltava para casa, encontrei o Dionísio e comentei com ele sobre o perfume das mangueiras. Foi então que ele me disse, sorrindo, que eu estava cheirando coisas, porque a floração já havia terminado e que não havia cheiro nenhum por lá.

— Convenhamos! O Dionísio teve presença de espírito, foi engraçado.

— Pois é, estou achando as coisas por aqui muito engraçadas, para não dizer estranhas — comentou. — Quando o encontrei pela primeira vez, falei sobre uma canção que ouvi ao acordar. Ele mais ou menos me disse que eu estava ouvindo coisas. Que aquela canção não era entoada desde a morte de um menino chamado Jorginho.

— Só falta agora ele lhe dizer que você está vendo coisas — disse Khalidah divertida.

— O melhor é rir de tudo isso mesmo, mamãe.

— Às vezes você me surpreende, Ahmed. Como um grande escritor que um dia será, deveria ser mais curioso. Pensei que gostaria de conhecer os vizinhos. Talvez sejam interessantes e lhe tragam alguma informação para os seus escritos.

— Pois não vi o tempo passar. Quando me dei conta, já era hora do almoço. Por um momento, tive a impressão de que o tempo não existia.

— Como assim, meu filho?

— É, mamãe, o tempo não existia, pelo menos o tempo que conhecemos como tempo; o tempo dos relógios, que nos impõem horários. Hora para dormir, hora para acordar, hora para estudar, para trabalhar, e por aí vai. Mas ainda que não tenha chegado à casa dos vizinhos, acabei conhecendo a Damiana.

— Damiana?

— A filha da vizinha. Foi ela quem me disse que a voz que me chamava para o almoço era de Anan, que ainda não conheci. Contou-me também a história do pai, que foi assassinado, e dos dois irmãos que morreram. O tal Jorginho, que cantava a canção do vento, e uma outra que morreu em um acidente de carro.

— Que horror, Ahmed. Perder o marido nessas circunstâncias não é nada fácil; o consolo acaba vindo, mas...

— E parece que veio rápido. O tal marido vivia enchendo a cara e batia todos os dias na mulher.

— Mas não há consolo para a perda de um filho ou uma filha. Não faz parte da natureza, seja ela dos humanos ou não.

Foram interrompidos por Anan, que perguntou se podia mandar servir a sobremesa. Khalidah aproveitou a entrada da governanta para apresentá-la ao filho.

— Anan, esse aqui é o meu filho, Ahmed, sobre o qual conversamos hoje pela manhã.

— نرحب السيد أحمد — disse ela em árabe, dando boas-vindas a Ahmed.

— شكرا لك. ولكن أمي تريد منا على التواصل باللغة البرتغالية — respondeu ele, agradecendo e dizendo que a partir daquele momento era melhor que conversassem em português.

— Desculpe, Sr. Ahmed.

— Não há por que se desculpar, Anan. Mas prefiro também que me chame simplesmente de Ahmed. E obrigado pelo suco de laranja que você deixou no meu quarto hoje pela manhã.

— Suco de laranja? Eu?

"Ai, ai, mais uma. Agora vão me dizer que estou bebendo coisas...", pensou Ahmed, desistindo de levar adiante o tema.

— Temos doce de manga, doce de abóbora com coco, doce de mamão verde, também com coco, e mousse de chocolate. Imagino que Ahmed optará pela torta mousse de chocolate.

— Você não conhece esse meu geniozinho aqui, Anan. Ele é diferente de tudo e de todos. Não é um chocólatra como costumam ser os garotos da sua idade.

— Minha mãe tem razão, Anan. Pelo menos no que se refere ao fato de eu não ser escravo do chocolate. Quanto ao resto, desconsidere. São coisas de mãe. Provarei todos esses doces de frutas de que você falou.

Depois do almoço, Ahmed aceitou a sugestão de Khalidah e foi dormir a sesta. Precisava se adaptar ao novo fuso horário. Pediu licença à mãe e a Anan, que ainda conversava com eles, levantou-se e dirigiu-se à escada que o levaria ao seu quarto. Enquanto subia os velhos degraus de madeira, ia pensando em tudo que vivenciara no seu primeiro dia de Brasil, e nos insólitos fatos que o cercaram. Entrou no quarto e abriu as janelas; em mais quatro horas o sol alcançaria o poente. O ambiente, que pela manhã era iluminado pela luz solar, apresentava-se agora escurecido por uma leve penumbra determinada pela sombra das árvores que se insinuavam no quarto.

Fechou a porta, cruzou a perna direita sobre a coxa esquerda, inclinou-se um pouco para a frente e começou a desamarrar o cadarço do tênis. Mal desatara o laço, um ruído vindo do lado de fora, semelhante ao assobio que o vento deixa ao passar pela fresta de uma janela, chamou-lhe a atenção. Interrompeu o que fazia e ficou atento para tentar ver de onde vinha. O ruído sem dúvida era de vento, mas não havia sequer sinal da mais leve brisa. O ar estava inerte, parado, entorpecido pelo forte calor que fazia.

Girou a cabeça para a direita, acreditando que poderia esclarecer a situação com uma simples espiada. Fixou o olhar nas folhagens das árvores com a esperança de que elas pudessem lhe dizer: "Não se preocupe, veja como nos mexemos, somos guiadas pelo vento. Ele está aqui e é o responsável por essa algazarra sonora que tanto te intriga." Mas as folhas permaneciam imóveis, exauridas pelo calor que as desidratara e maltratara por toda a manhã. Não fosse a resistência das bainhas dessas folhas, que heroicamente as mantinham presas aos galhos, elas teriam sucumbido e estariam naquele momento deitadas no solo, à espera de serem varridas e amontoadas em algum canto. Mas o uivo que parecia ser de vento não dava sinais de perda de vigor. Foi então que notou uma borboleta, idêntica à que tinha visto pela manhã. Ela estava no parapeito da janela, e Ahmed naquele momento poderia jurar que o som que ouvia provinha do balançar de suas asas. "Eu bebi coisas, cheirei coisas e acho que estou mesmo vendo coisas", pensou. Levou então a mão esquerda ao olho esquerdo, tapando-o. Tornou a olhar para a borboleta, agora com visão monocular. Ela ainda estava lá, com o corpo imóvel, agitando apenas as asas e regendo um som igual ao produzido pelo vento, tal e qual os braços e mãos de um maestro. Ahmed mudou de posição, destapando o olho esquerdo e tapando o direito, e agora só via a borboleta com seu olho esquerdo. Nada mudara. Lá estava ela, com a mesma atitude. Fizera o gesto de troca de mãos para certificar-se de que o que via o seu olho esquerdo era o mesmo que via o direito. Desde que lera o que dissera Ortega y Gasset — uma coisa não é apenas aquilo que vemos com os olhos. Cada olho vê uma coisa e algumas vezes eles se contradizem —, adotara o hábito de utilizar esse procedimento para questões que mereciam maiores reflexões.

Suas considerações foram pouco a pouco sendo substituídas pelo falso estado hibernal que começara a tomar conta do seu corpo. Em mais alguns instantes adormeceria.

Dormiu por três horas. Quando acordou, era hora do lusco-fusco. Era também a hora do jantar das andorinhas, que com notáveis acrobacias mergulhavam em voos rasantes sobre as árvores em busca de insetos, fonte principal de sua alimentação.

Uma dessas andorinhas entrou no seu quarto e pousou em cima do velho guarda-roupa, na parede lateral oposta à sua cama. Peito branco, asas azuis de intenso brilho e pescoço marrom claro, igualmente lustroso, davam àquela intrusa uma bela aparência.

— O que a senhora faz por aqui, hem? Acaso locupletou-se e veio refugiar-se no meu retiro, para sossegadamente fazer a sua refeição, longe do canto dos de sua espécie? — perguntou ele à sua inesperada visitante. — Como sei que ficarei sem resposta, serei obrigado a pedir que se retire. Terei que fechar as vidraças, sob o risco de que se não o fizer serei picado por aqueles que amanhã serão o seu almoço, e aí nesse caso o meu sangue pararia no seu estômago — terminou.

Saiu do quarto com a intenção de conhecer o pequeno comércio da região. Dirigiu-se aos outros quartos para assegurar-se de que as vidraças estavam fechadas e logo em seguida desceu as escadas; chegou ao salão e foi direto para a porta de saída.

— Mamãe, estou saindo. Darei uma volta por aí — disse ele, já segurando com a mão direita a maçaneta para abrir a porta. — Mamãe? Mamãe?

Como não obteve resposta, voltou-se, cruzou o salão, passou pela ampla sala de jantar e chegou à cozinha.

— Olá, Anan, você viu a minha mãe por aí?

— Ela saiu com o Dr. Dabir e deixou-lhe esse bilhete.

Querido filho, fomos ao centro em busca de uma farmácia para comprar um analgésico ou ir ao médico, ou quem sabe ainda

*fazer as duas coisas. Minha dor de cabeça voltou com força. O
seu pai quer porque quer me levar a um doutor, amigo seu.
Acho uma bobagem, mas caso não consiga demovê-lo dessa
ideia talvez demoremos um pouco. Não nos espere para o
jantar. A Anan já foi instruída a servi-lo.*

— Anan, mamãe fez referência a um tal centro. Fica
muito longe?

— São apenas seis quilômetros daqui, mas com o
trânsito pode-se levar até quinze minutos de carro. Lá tem
um bom comércio, cinemas e teatro.

— Seria o centro da cidade?

— Não, não. É o centro local. Esse centro a que você
se refere é o centro da cidade do Rio de Janeiro. A capital do
estado, que também é chamada de Rio de Janeiro. Pelo que
eu sei, antes de 1974 houve uma fusão do antigo estado da
Guanabara com o então estado do Rio de Janeiro. Toda essa
parte em que estamos fazia parte da Guanabara. Foram os
militares. Naquela época, eram eles que mandavam e faziam o
que bem queriam.

— Ah, agora me lembrei que o Gerald, um amigo
inglês que viveu por aqui, comentou algo a respeito. Parece
que o povo do tal estado da Guanabara era contra essa fusão.

— Era, mas não podiam fazer nada naquela época.
Eram tempos difíceis, não só aqui como em toda a América
Latina. Estavam sob forte regime militar. Uma ditadura que
raptava e matava sem dó nem piedade.

— Estar sob o jugo de seres humanos, militares ou
não, é uma fatalidade da qual temos que fugir.

— Você é muito jovem, mas talvez tenha ouvido falar
sobre o que os soldados italianos faziam com as mulheres da
sua terra natal.

— Soube que houve muitos casos de estupro.

— Seu povo parece ter sido predestinado a sofrer.
Quantas e quantas crianças abandonadas à própria sorte pelas
próprias mães. Quantas e quantas mortes por fome.

— Que passado, Anan, que passado, nem me fale.

— As coisas melhoraram muito, mas...

— Mas ainda temos o fundamentalismo islâmico, e isso é um problema.

— É, meu jovem, fundamentalismo islâmico, fundamentalismo evangélico, ou qualquer outro fundamentalismo, é tudo farinha do mesmo saco.

— Por falar em evangélicos, li que alguns "pastores" ficaram muito ricos por aqui.

— Como em todas as religiões, há aqueles que fundamentam as suas crenças dentro dos princípios éticos, e há outros que fogem da ética como o Diabo foge da cruz.

— Um velho ditado cristão que perde todo o seu significado no islamismo, já que o mesmo não aceita a crucifixão de Cristo. Que alívio! Podermos falar de outras religiões sem nenhum receio de sermos acusados de profanadores do Alcorão — desabafou. Mas é melhor deixar isso pra lá, não tem muita relevância neste momento. O problema desses pastores inescrupulosos é que fazem fortuna enganando os pobres fiéis. O fato é que eles não desejam algo porque julgam bom, mas, ao contrário, julgam que algo é bom porque o desejam, e aí justificam os seus atos. Gostar de dinheiro não é pecado. O diabo é que eles gostam do dinheiro que os outros ganharam a duras penas.

— Nunca tinha pensado sobre isso, Ahmed.

— Eu também não, até ler o livro a *Ética demonstrada segundo a ordem geométrica*, de Espinosa. Dentre outras coisas, ele trata da condição e da natureza humanas, as quais são arquitetadas de forma determinista.

— Dona Khalidah já me havia dito que você sabe mais coisas do que muitos adultos que andam por aí. Vejo que ela tem razão.

— Não fique impressionada, Anan. Sou apenas alguém que passou grande parte dos dezessete anos de vida lendo compulsivamente, e aproveitou o que leu para, quando possível, fazer inferências no que ouve, no que vê e no que sente. E por favor, não me tome como um moralista — pediu.

— Longe disso, Ahmed. Não julgo ninguém.

— Faz bem, Anan, faz muito bem — e logo mudou de assunto. — Ontem, quando vínhamos do aeroporto, deixamos a estrada para pegamos um caminho que nos trouxe até aqui. Reparei que havia umas lojas ou coisa parecida.

— Está bem próximo daqui, mas não espere muita coisa. Há um comércio muito tímido e muita gente jogando conversa fora.

— O que quer dizer isso, jogando conversa fora?

— É, conversando fiado, conversando à toa.

— Ah, entendi — disse, sorrindo, achando a expresão interessante. — Mas Anan, preciso comprar um *chip* para o meu celular, ainda que não seja muito fã desse aparelho infernal.

— Ah, pode faltar de tudo lá, mas *chip* e cartão para telefone é fácil de encontrar. Nunca vi um povo para falar tanto no celular como este.

Ahmed se despediu de Anan dizendo que estaria de volta lá pelas oito da noite e saiu, assegurando-se de ter consigo o dinheiro que o pai lhe dera na véspera. — É para pequenas despesas — disse-lhe Dabir. — Depois abriremos para você uma conta no banco.

Um estreito caminho de terra batida com uma faixa central de grama fazia a ligação entre a sua nova casa e o local que pretendia ir. As extremidades estavam sujas de óleo queimado e sua largura era suficiente apenas para dar passagem a um carro.

Enquanto percorria o caminho, lembrou-se do trajeto que fizera entre a casa de sua avó e a de Aisha, na noite do aniversário dela. As perfiladas oliveiras que haviam atiçado sua imaginação na época, ali eram substituídas por uma cerca viva com pequenos e médios arbustos, que delimitavam os extremos laterais do caminho. A escuridão da noite ainda não havia de todo expulsado a luz do dia, mas já se podia notar que algumas estrelas piscavam em um céu quase azul-escuro. Ao longo do seu itinerário, alguns postes de madeira com pequenas lâmpadas garantiriam que visse por onde pisava quando estivesse voltando.

8

O pequeno vilarejo havia parado no tempo e parecia não se preocupar em acompanhar a evolução da vizinha localidade que ficava a seis quilômetros dali, mas, ao contrário do que o Anan dissera, oferecia um pequeno centro comercial, um supermercado e pequenas lojas que vendiam variedades que iam desde peças de reposição para bicicletas até bugigangas com preços reduzidos.

Quando deixou a pequena estrada por onde viera, Ahmed notou que os estabelecimentos se distribuíam dos dois lados da rua principal, e agora estava no meio dela. Resolveu dobrar à esquerda, andou alguns metros e entrou no centro comercial, julgando que ali seria mais fácil de encontrar o *chip* para o seu celular.

Viera com a instrução do pai de comprar um *chip* da mesma operadora telefonica que ele usava, assim poderiam comunicar-se gratuitamente. Curioso com os produtos expostos nas lojas, não se dera conta de que o tempo passara e que eram quase nove da noite; já era hora de voltar para o jantar.

Desistiu da compra, desceu os dois andares que o separavam do andar térreo e parou diante de uma loja de artigos esportivos. Tinha agora a oportunidade de pesquisar o substituto para o seu velho e gasto tênis. Havia muito modelos e ele começou a olhá-los com atenção, procurando um que fosse semelhante ao que tinha. Mas alguma coisa despertou sua atenção: tinha a sensação de estar sendo observado por alguém. Elevou a cabeça, antes voltada para as prateleiras mais baixas da

81

vitrine, até que sua visada se horizontalizasse. Olhou para a sua própria imagem refletida na vitrine e, espantado, notou que havia um grande vulto bem atrás de si. Voltou-se imediatamente, mas não havia ninguém ao seu lado. Tudo o que viu foi uma jovem que vinha em sua direção e que, ao que tudo indicava, estava entrando no centro comercial. Depois do susto, sua fisionomia assumira um ar estupefaciente e acabara por chamar a atenção da jovem, agora bem próxima a ele.

— Você está passando mal? — perguntou-lhe ela.

— Não, está tudo bem, mas mesmo assim, obrigado.

— Pelo seu sotaque, vejo que não é daqui. Digo, do Brasil.

— Sou da Somália.

— Ah, já sei. Deve ser o filho do Dr. Dabir, não é mesmo? Eu já deveria ter percebido.

— Como assim?

— O seu pai já é muito conhecido por aqui, e querido também. Ele e o meu pai se conheceram e ficaram amigos.

— Por acaso o seu pai é médico? Acho que ouvi meu pai dizer algo a respeito para minha mãe.

— Isso mesmo. Eu me chamo Vera — disse ela, estendo a mão e abrindo um largo sorriso. — Muito prazer.

— E eu sou Ahmed.

— Tenho que entrar antes que as lojas fechem. Apareça lá em casa. Seu pai sabe onde é.

Àquela altura, Ahmed já se esquecera do tênis. Olhou o relógio e viu que estava muito atrasado para o jantar. Caminhou a passos largos de volta para casa, mas não deixava de pensar na jovem que acabara de conhecer, sobretudo porque lhe lembrava Aisha. Mesma altura, mesmo formato de rosto, mesmos traços, mesmo corpo. E eram de raças tão diferentes. O que as distinguia era a cor: Vera tinha a pele excessivamente branca, o que o levou de imediato a imaginar que ela deveria ser descendente direta de portugueses. Ele tinha lido que naquele local havia uma grande colônia de portugueses que se dedicavam ao comércio e à agricultura. Talvez o pai de Vera fosse português, ou sua mãe, ou quem sabe os dois? De qualquer modo, ela não tinha nenhum sotaque. Ele convivera com brasileiros e portugueses em Londres e era capaz de notar a diferença entre as pronúncias.

Tentando imaginar sua expressão quando ela lhe perguntou se passava mal, falou para si mesmo: — Diante de situações estranhas, nós não nos damos conta das caras e bocas que fazemos por aí. Devo ter assustado a pobre coitada — concluiu.

As lâmpadas dos velhos postes que deveriam iluminar o caminho por onde andava enquanto voltava estavam apagadas, mas a luz do luar bastava para guiá-lo com segurança. Tal como ocorrera quando viera, não havia ninguém na pequena estrada; apenas ele e a sombra de seu corpo — que se projetava ligeiramente à sua frente e à esquerda —, que desapareceu quando ele ficou debaixo de uma grande árvore que ficava atrás da cerca viva que delimitava a estrada. Agora, com a luz do luar obstruída pela copa da árvore, mal enxergava por onde pisava. Tão logo passou pela árvore, voltou a ver a projeção de seu corpo no chão. Deu mais alguns passos e parou. Um frio correu-lhe a espinha. Os pelos dos braços ficaram arrepiados. Seu rosto agora estampava uma expressão de horror, bem diferente da expressão de espanto que momentos antes fizera no centro comercial. Ele estava petrificado com o que via. Sua sombra agora tinha uma acompanhante, com maior envergadura e colocada a cerca de um metro de distância. Isso eliminava a hipótese de que as leis da física pudessem explicar o que via. Nem mesmo as limitações que ainda tinha pela surra levada na Alemanha o impediram de sair em desabalada carreira. Quando chegou em casa estava ofegante, e sua pele morena-escura havia se transformado num pálido tom de marrom.

— Viu algum fantasma, Sr. Ahmed? — perguntou-lhe Anan.

— Não, não. Mas por que a pergunta, Anan? Há fantasmas por aqui?

— A gente ouve coisas aqui e ali. Eu nunca os vi, e que Alá me proteja. Perguntei por perguntar.

Ahmed achou melhor não comentar nada com Anan. Afinal, aquele era o seu segundo dia no Brasil. E também, se contasse que vira uma sombra gigantesca ao lado da sua, estaria admitindo que ficara horrorizado, mesmo porque o medo estampado em seu rosto sobressaía a olhos vistos.

— Meus pais já chegaram?

— Estão lá em cima. Pediram que os avisasse quando você chegasse.

— E o jantar, já foi servido?

— Não, vou mandar servi-lo agora.

— Desculpe-me pela hora, sei que está tarde e...

— Não há problema, aqui todos dormimos tarde, e não se esqueça que o senhor é o patrão.

— Mas isso não me dá o direito de abusar.

— Ah, aí vêm seus pais.

Ao ver a mãe descendo as escadas, Ahmed foi ao seu encontro, abraçou-a carinhosamente e já ia pedir que lhe contasse como havia sido a ida ao médico, quando foi interpelado por Dabir, que queria saber se ele havia comprado o *chip* do telefone. Ahmed respondeu que se distraíra e que não vira o tempo passar, deixando a compra para outro dia, pois já era hora de voltar para o jantar. — Você e essa sua cabecinha de merda — disse o pai em voz alta.

A reação descabida de Dabir deixou a todos surpresos. Ele, que sempre se mostrara calmo e tratara o filho com muito carinho, falava-lhe em altos brados. Ahmed disse que no dia seguinte poderia voltar e comprar o *chip*, pedindo que o pai se acalmasse, mas Dabir falou que não aceitava justificativa. — Suba agora para o seu quarto. Anan mandará levar o seu jantar — disse ele, apontando para a escada.

Ainda tomado de surpresa com a reação do pai e visivelmente chocado, Ahmed se dirigiu a Anan dizendo que não jantaria e, em seguida, subiu as escadas em direção ao seu quarto.

Meia hora depois, Dabir o procurou para pedir desculpas, dizendo-lhe que o estado de saúde de Khalidah era preocupante. Contou-lhe tudo o que ouvira do médico, e que por isso ficara fora de si. Justificando-se, disse ainda que aquele teria sido o motivo da grosseria que fizera. Em seguida, contou para o filho os detalhes da situação. Khalidah deveria se submeter a uma ressonância magnética o mais rápido possível. Se a dor persistisse, deveria telefonar para o neurocirurgião indicado pelo clínico e ir imediatamente para a emergência do hospital.

— Mas ele suspeita que seja o quê? — perguntou Ahmed, visivelmente preocupado

— Ele ainda não sabe. Pode ser um aneurisma, pode ser um tumor.

— E os dois são graves?

— Acho que o tumor é pior. Segundo ele, o aneurisma pode ser operado se diagnosticado a tempo. Mas câncer...

Ahmed tinha agora os olhos cheios de lágrimas. Não passava pela sua cabeça perder a mãe, de quem era muito próximo. Ele gostava muito do pai, mas foi com a mãe que conviveu a maior parte de sua vida. Era inconcebível perdê-la agora ou em outro momento qualquer. Por ele, Khalidah teria vida eterna.

Vendo a angústia do filho, Dabir tentou consolá-lo:

— Desculpe-me filho, não deveria ter te contado, mas não vi outro jeito para fundamentar as minhas desculpas. Estou realmente muito arrependido. Preciso aprender a gerenciar essas coisas — acrescentou.

— Ela sairá dessa e terá uma longa vida.

— Ela não sabe dos detalhes, só ouviu parte da conversa que tive com o médico. Achei melhor não contar nada agora para não preocupá-la.

Quando Dabir se preparava para dar boa-noite a Ahmed, Khalidah entrou no quarto. Sentou-se ao lado dos dois e ouviu Dabir dizer que já se desculpara com Ahmed e que também devia um pedido de desculpas a ela e a Anan, pela situação constrangedora que aprontara. Os três se abraçaram por um momento e, em seguida, Dabir se despediu e deixou o quarto. Khalidah disse que conversaria um pouco com Ahmed e que iria logo em seguida.

— Meu querido filho, Anan me disse que você chegou da rua com uma cara de espanto que a deixou preocupada. Aconteceu alguma coisa? Brigou com alguém?

— Imagina, mamãe. Não foi nada, não. Eu apenas dei uma corrida e cheguei meio descolorido e ofegante.

— Mas como? Deu uma corrida, Ahmed?

— Sei que não deveria, mas afinal, os médicos lá na Inglaterra disseram que eu poderia voltar às atividades normais.

— Mas correr a ponto de ficar ofegante? — ralhou.

— Estou fora de forma, mãe. E também ainda não me adaptei à diferença de quatro horas de fuso horário; isso pode ter contribuído — justificou, em seguida mudando de assunto. — Mas deixemos isso tudo de lado. Quero saber como está a sua dor de cabeça.

— Seu pai é um exagerado. Me fez ir ao médico e vou ter que fazer uns exames de rotina. Bobagem, tenho mesmo é uma enxaqueca que me persegue há algum tempo.

— Você fez bem em visitar o tal médico. Não foi você que sempre me disse que não devemos menosprezar as queixas que o nosso corpo nos apresenta? Lembra-se?

— Mas falando em visita, como foi a sua ida ao centro do vilarejo?

Algumas ocorrências marcaram a ida de Ahmed ao centro: o misterioso vulto que vira refletido no vidro da loja, e a não menos misteriosa e inexplicável projeção que se colocara ao lado de sua sombra quando voltava para casa. Resolvera contar para a mãe apenas o encontro que tivera com Vera, o que a deixou surpresa.

— Ah, deve ser a filha do Dr. José, o clínico geral que me examinou. Mas que coincidência você tê-la conhecido justo no dia em que fui examinada pelo pai dela.

— É mesmo, justo no dia.

— E ela, é bonita?

— Muito bonita. Lembra-se da Aisha?

— É claro que me lembro.

— Pois bem, é a cara dela, sem tirar nem pôr, exceto pela cor da pele. O Dr. José é português, mamãe?

— É. Tem um sotaque muito diferente do pessoal daqui. Ele contou que se mudou para o Rio tão logo terminou o curso de medicina em Lisboa. Parece que os pais dele, avós da menina que você conheceu hoje, eram ou são agricultores e se mudaram para cá antes dele — contou. — E a Vera, também também tem sotaque?

— Não — respondeu. — O que me chamou a atenção, além de sua beleza, foi a sua extrema brancura.

— Apesar de sermos da chamada África branca, a cor de nossa pele está longe de ser branca. Talvez por isso tenha te chamado a atenção.

— Pode ser, mas também vi muito inglês branco-leitoso.

— O Dr. José nos convidou para um jantar em sua casa no próximo sábado. Ele mora numa bela casa no sopé do morro. Seu pai já esteve lá e disse que se pode avistar todo o vale. — disse, animada, levantando-se em seguida para dar um beijo em Ahmed. — Bem, menino, é hora de dormir. Até amanhã.

Como fizera na primeira noite em que dormira no seu novo quarto, Ahmed deixou apenas as vidraças fechadas. No dia anterior, o cansaço da viagem o derrubara e ele dormira até tarde, apesar da forte luz que entrava em seu quarto. Agora, já refeito e com a força e energia que normalmente frequentam os jovens, acordou bem cedo. Depois de abrir as vidraças, uma brisa invadiu o seu quarto, trazendo consigo uma mistura de perfumes das flores do jardim. Como estava faminto, lembrou-se que a confusão do dia anterior sequestrara-lhe o jantar. Enquanto descia as escadas para tomar o café, pensava no pedido de desculpas que recebera do pai e da conversa que teve com a mãe.

O café da manhã que Anan havia preparado estava farto. Um grande jarro com leite ainda quente e um pequeno bule de café dividiam o espaço da grande mesa com queijos brancos e amarelos, biscoitos, três diferentes tipos de pães, sucos de laranja e abacaxi e frutas das quais ele só conseguiu identificar o melão e o mamão.

Ainda que uma mesa com tanta variedade o surpreendesse, ele comeu um pouco de tudo que estava servido.

Após o café, voltou ao quarto para escovar os dentes, ir ao banheiro e tomar seu primeiro banho do dia.

Após a ducha, vestiu a bermuda do dia anterior que deixara sobre o parapeito da janela, escolheu a camiseta mais fresca de seu ainda desorganizado armário de roupas e finalmente calçou o velho par de tênis. — Pronto, estou preparado para mais um dia — pensou —, mas antes vou procurar o Dionísio. Preciso lhe contar o que aconteceu ontem.

Antes de descer, foi à janela do quarto para certificar-se de que ele estava, como no dia anterior, limpando a piscina. O ronco do motor em funcionamento indicou que Dionísio já estava lá. Enquanto saía pela porta dos fundos, encontrou Anan, que se preparava para fazer o trajeto oposto ao seu, perguntando se já podia arrumar seu quarto. Depois de responder que sim, Ahmed pediu a ela que fizesse o favor de avisar sua mãe que daria uma volta para acabar de conhecer a propriedade e que em seguida iria tentar comprar o *chip* do celular. Disse ainda que estaria de volta ao meio-dia para o almoço e que à tarde ficaria em casa para colocar em dia a sua leitura, que estava atrasada.

Chegando à piscina, logo foi avistado pelo jardineiro.

— Bom dia, patrãozinho — disse-lhe Dionísio.

— Bom dia, Dionísio. Parece que teremos um belo dia, com muito sol.

— Não se iluda; às vezes esse sol radiante desaparece, tragado por espessas nuvens que trazem consigo uma densa escuridão. Aí vem um temporal daqueles.

— Mas esses fenômenos repentinos também trazem consigo uma energia muito boa, quando, evidentemente, não causam desgraças.

— Por aqui deve-se ter cuidado com o rio. Após essas chuvas ele costuma encher um bocado, e suas águas ganham uma força descomunal. O antigo dono do sítio fez bem em reforçar suas margens.

— Eu ainda não fui ao rio e nem posso imaginar como ele é.

— Excelente para banhar-se. Como as terras de seu pai se estendem até a cabeceira, a água está sempre limpa.

— Não entendi. E o nosso vizinho aí de trás? A terra deles não chega ao rio?

— Não, o pedaço deles acaba antes. Faz divisa com as terras de seu pai.

— Ontem conversávamos sobre algumas coisas meio estranhas, lembra-se?

— Lembro, claro, esse tipo de conversa não se esquece tão facilmente, e depois, só faz um dia — acrescentou, sorrindo. — A minha memória me trai, mas essa traição só ganha força para coisas que tenham acontecido há mais de uma semana.

— Pois bem. Ontem fui ao centro comercial e acabei sobressaltado por dois grandes sustos.

— Mas o que foi?

— Acho que vi dois fantasmas!

Dionísio, que estava sentado preparando a mistura de cloro que poria na piscina, deitou de lado a lata de produto que tinha em uma das mãos, apoiou-se nos braços da cadeira e levantou-se de uma só vez, dando ao fato uma importância que acabou por assustar seu interlocutor. Ahmed esperava que ele mostrasse mais naturalidade, como o fizera no dia anterior, quando lhe dissera para não se preocupar com as coisas estranhas que aconteciam por lá.

— E como eram eles, patrãozinho? — perguntou Dionísio, deixando transparecer em sua voz uma certa ansiedade.

Ahmed contou-lhe toda a história, afirmando que o vulto que vira refletido na vitrine do centro comercial não o assustara tanto, embora o tivesse deixado muito espantado. Não sabia dizer como, mas na hora não se sentiu ameaçado. Mas não ocorria a mesma coisa com a sombra que passou a acompanhá-lo depois que saíra da sombra da grande árvore. Essa o deixara apavorado, a ponto de seu tranquilo caminhar se ter transformado em uma corrida desembestada.

— Ele voltou, ele voltou — disse Dionísio, agora com voz trêmula.

— Quem voltou, Dionísio? — perguntou Ahmed. — O apavorado agora parece você.

O assustado caseiro contou que há muitos anos, numa noite, alguns agricultores que estavam sendo roubados por um ladrão resolveram pegá-lo. Subiram na grande árvore e esperaram que ele passasse por ali com o produto do roubo. Conseguiram pegá-lo e o enforcaram naquela mesma árvore. Durante os anos que se seguiram, ele sempre aparecia no local onde fora morto. Sob a forma de uma grande sombra, assustava os que por ali passavam. Então Ahmed, chocado, disse para Dionísio que precisavam conversar mais.

— Se essas histórias vão continuar a me meter medo, eu não sei, mas com certeza terei um farto material para quando me tornar um escritor de verdade.

Após perguntar ao jardineiro qual o melhor caminho para chegar ao rio, despediram-se.

9

Depois de passar por um descampado forrado de flores rasteiras, Ahmed chegou à bifurcação de que Dionísio lhe falara. Mudou então os planos e resolveu, antes de ir até o rio, seguir em direção à casa de Damiana, a vizinha que conhecera há dois dias.

Enquanto caminhava, imaginou que o caminho não o levaria exatamente à casa de sua vizinha. Pelos seus cálculos, o trajeto que fazia o levaria a algum lugar a leste da casa. Caminhou mais um pouco e chegou a uma cerca com quatro fileiras de arame. A cada três metros, velhos mourões de madeira enterrados no chão serviam como suporte para o arame. Como havia previsto, o itinerário por onde foi não o levara à casa dos vizinhos. Do outro lado da cerca havia apenas uma densa mata, com árvores que alcançavam vários metros de altura. Suas vastas copas impediam a penetração de qualquer raio de luz. Aproximou-se da cerca, segurou levemente um dos mourões e pôs-se a observar com mais atenção o que via.

Quando fizera a opção de se desviar do seu trajeto, já havia notado que a temperatura sofrera uma ligeira queda. Agora, o ar frio que vinha do pequeno bosque causava-lhe um certo desconforto. Ficou ali por mais alguns minutos e, ao invés de retornar pelo caminho por onde viera, girou o corpo para a direita e seguiu em frente. À sua esquerda tinha a cerca que, após um trajeto retilínio, mais adiante faria uma curva à esquerda. Concluiu que o terreno vizinho terminava ali; agora entendia o fato de eles não terem acesso ao rio. Se quisessem chegar lá, teriam que cruzar parte do terreno da propriedade do seu pai. Seguiu adiante e chegou a um grande mangueiral. Dali ouvia a corredeira do rio, o mesmo som emitido pelas águas do rio Shabelle, que passava pela aldeia onde sua avó morava.

Mais uma vez seus pensamentos o transportaram para o passado. O frio que sentira ao chegar à divisa com o terreno do vizinho havia desaparecido e dera lugar a um calor úmido. Interrompeu então suas reminiscências, aproximou-se da barragem que protegia a propriedade do pai das intempéries que elevavam as águas do rio, retirou a roupa que vestia e dali mesmo pulou dentro da água. Se tivesse mergulhado de cabeça teria tido problemas, pois as águas do rio batiam-lhe apenas na cintura. Uma pessoa poderia se locomover sem dificuldades através delas. Enquanto se refrescava, ouviu vozes femininas vindas em sua direção. Instintivamente se acocorou. Estava nu. Suas roupas haviam ficado na parte de cima da barragem e não haveria tempo de sair dali e se vestir. Então avistou e identificou uma das duas jovens que caminhavam dentro da água e vinham em sua direção.

— Bom dia, Sr. Ahmed, vejo que está aproveitando o rio.

— Bom dia, Damiana. Desculpe-me, mas terei que ficar aqui dentro, meio agachado. É que...

— Ah, deixa ver se adivinho. Está sem roupa. Não se preocupe. De vez em quando, eu e minha amiga Fabiana também fazemos isso. Raramente aparece alguém por aqui.

— Fique à vontade e muito prazer — apresentou-se a outra jovem. — Como disse a Damiana, eu sou a Fabiana, ao seu dispor.

— À vontade, à vontade, não poderei ficar. Ou vocês fecham os olhos enquanto busco a minha roupa, ou, se não se importarem, podemos conversar assim mesmo.

— Nós não nos importamos, fique tranquilo. E não precisa ficar agachado o tempo todo não, vai acabar com dor nos joelhos — disse Fabiana.

Fabiana tinha dezesseis anos e aparentava ser um pouco mais velha que Damiana. Como ocorre em muitos casos de amizade, alguma circunstância especial, ou simplesmente o acaso, tinha juntado duas pessoas que, embora fossem muito bonitas, tinham características físicas muito diferentes. Damiana era negra, alta, com seios pouco desenvolvidos, dando mostras de que não cresceriam muito mais. Apesar de já ter entrado na adolescência, seu rosto ainda guardava um ar infantil. Fabiana era branca, baixa, com seios fartos, visíveis e contidos a custo por uma blusa branca molhada pelas águas do rio, àquela altura inteiramente transparente. O ar infantil que talvez um dia tivesse feito parte de sua fisionomia quando criança fora agora substituído por uma provocadora sensualidade de mulher adulta.

A estranha e inédita situação, longe de constranger Ahmed, de certa forma o excitava. Estar ali, diante de duas garotas e naquela situação inusitada, era para ele uma novidade, principalmente porque, enquanto conversavam, Fabiana se abaixava e deixava que as águas do rio lhe chegassem ao pescoço e encharcassem a blusa que vestia, mantendo assim a sua transparência e deixando à vista seus belos seios. Ciente do efeito que sua sensualidade provocava, ela se aproximou de Ahmed e fixou o olhar na direção da sua cintura, certamente para constatar a incontida ereção do rapaz, claramente visível através das límpidas águas que banhavam os três. Estabeleceu-se entre os dois um espaço geográfico onde passou a imperar uma intensa reciprocidade *voyeurista* e que, se não fosse a intervenção de Damiana, teria se prolongado por muito tempo.

— Bem, Ahmed, temos que ir. Você está com a vida ganha. Quanto a nós...

— Peraí, Damiana, vamos ficar mais um pouquinho — disse Fabiana.

— Tenho que ir. Tenho um montão de coisas a fazer.

— Tá bem, tá bem. Vamos embora.

Despediram-se. Enquanto Ahmed via as duas voltando rio acima até desaparecerem do seu campo visual, lembrou-se das últimas palavras ditas por Damiana: "Bem, Ahmed, temos que ir." Notou que Damiana, que o tratava por senhor, deixara de fazê-lo quando se despedira. O fato despertou nele um grande interesse. Pensou então que a sua condição de nu dentro do rio eliminou a barreira que ela tinha em relação a ele. Melhor assim, afinal ele já havia pedido a ela que deixasse o senhor de lado. Além do mais, saber que a sua nudez fora a responsável pela quebra de barreira também o excitava. Deixou que a função erétil que se apossara de seu corpo lhe desse uma trégua para sair da água e se vestir.

Na volta, resolvera seguir pelo trajeto sugerido por Dionísio, mas antes do almoço teria que ir ao centro comercial para comprar o *chip* do telefone, que no dia anterior acabara roubando-lhe o jantar. Sabia que mesmo que não o fizesse, seu pai não repetiria a cena da noite anterior, e era justamente por isso que não queria adiar a compra. A primeira coisa que faria seria ligar para dar a notícia: — Ei, pai, já tenho um número de telefone, é esse que está no teu visor, grave-o em sua agenda.

Ele passou em casa, vestiu roupas secas, assegurou-se de estar com a carteira e saiu apressadamente, depois de prometer à mãe que voltaria para almoçarem juntos. Ainda que não passasse por sua cabeça que Khalidah fosse vítima de alguma enfermidade grave, a notícia que o pai lhe dera na noite anterior, de uma certa forma, levou-o a valorizar mais os encontros com a mãe. Além do mais, sabia que em mais algum tempo teria que deixar a casa dos pais e mudar-se para a cidade para estudar. Havia a opção de ir e voltar com o pai todos os dias, mas o próprio Dabir continuava achando melhor alugar um apartamento na zona sul do Rio de Janeiro. Assim ele poderia dedicar mais tempo aos estudos, voltando para o sítio apenas nos finais de semana.

Encontrou a governanta na cozinha assim que voltou do centro comercial.

— Anan, por favor, avise minha mãe que já cheguei e que se quiser pode descer para almoçarmos.

— Não faz muito tempo que ela perguntou pelo senhor. Vou chamá-la, mas deixe-me antes avisar a Robelinda para que comece a servir o almoço.

Ahmed deixou a caixa com o tênis que acabara por comprar no centro comercial sobre a mesa de centro do grande salão de estar. Em seguida foi ao lavabo, que ficava ao lado da sala de jantar, lavou as mãos, olhou-se rapidamente no espelho, saiu e viu que a mãe já estava à mesa, lendo alguns folhetos.

— Oi, mamãe, desculpe-me pelo atraso. A senhora está bem?

— Estou, sim. E não há por que se desculpar, afinal você não está tão atrasado assim. Vi que finalmente vai aposentar os seus tênis. Já era hora.

— Não vou aposentá-los, não. Servirão para andar por aí. Para dizer a verdade, ainda prefiro meus velhos companheiros de andança. Quando houver alguma festa ou coisa parecida, calço os novos — explicou. — E a senhora, o que tem aí nas mãos?

— Ah, já deveria ter te mostrado. Seu pai pegou esses folhetos de algumas universidades. Já é hora de pensarmos onde você fará o seu curso superior.

— Eh, a minha boa vida tem data para terminar. É melhor que me apresse em romper a rotina de vida que começo a ter por aqui, antes que seja tarde.

— Mas você está aqui há tão pouco tempo!

— E já foram tantas coisas. O povo daqui é muito simpático. Hoje estava no rio e conheci uma amiga da Damiana, a nossa vizinha sobre a qual conversamos ontem.

Ahmed resolveu não dar os detalhes do encontro que tivera com as jovens. Ele não tinha opinião formada sobre as duas, mas dizer para sua mãe que estivera nu diante delas, ainda que debaixo da água, pareceria muito estranho. Se falasse então que elas lhe disseram que poderia se levantar e ficar à vontade, sua mãe certamente teria uma ataque.

— E o que estavam fazendo no rio?

— Passeavam, acho eu — disse ele, elevando os ombros e mostrando as palmas das mãos, tentando disfarçar os fatos que omitia. — Catando pedrinhas, talvez — concluiu, tentando rechear sua resposta com mais fatos.

— Deveriam estar ajudando as mães, isso sim — disse Khalidah antes de encerrar o assunto. — Mas deixemo-las de lado. Voltemos à sua faculdade. Você já decidiu o que vai fazer?

— Pensei em jornalismo.

— Mas se você quer ser escritor, letras não seria mais adequado?

— Não, acho que não. Há tantos jornalistas que são escritores; acho que terei mais chance se for jornalista.

— Não diga bobagens, Ahmed. Para vencer como escritor ou como qualquer outra coisa, basta ser bom naquilo que se faz. E você, se Alá permitir, será um excelente escritor.

— Mamãe, nunca vi tamanha ingenuidade. Você nunca ouviu falar no "العصبية روح التضامن."

— Espírito de corporação?

— É, mamãe, é o famoso *esprit de corps*. Mas a sra. Temha razão. Talvez eu esteja sendo injusto e preconceituoso. De qualquer modo, estando no meio posso divulgar melhor as minhas obras e depois. A opção que faço não se relaciona só com o fato de que abrirei com mais facilidade as portas para o meio literário. Quero também viajar mundo afora, ser um correspondente jornalístico, morar um tempo na Europa, e quem sabe voltar a Mogadíscio para uma temporada. Rever Aisha, Haken.

— Você tem tido alguma notícia deles?

— Recebo e-mails de Aisha, parece que o casamento dela vai mesmo acontecer. Um absurdo, alguém ser obrigado a se casar com quem não quer, em pleno século XXI.

— Você tem um queda por ela, não é mesmo? Posso sentir isso quando o vejo falar nela; além do mais, sua avó me contou algumas coisas.

— Que coisas? Como assim?

— Você acha que a gente não enxerga as coisas, Ahmed? Séculos de repressão nos ensinaram a usar intuitivamente a terceira visão. Ela já desconfiava que vocês se encontravam furtivamente, até que...

— Até que o quê? O que a vovó sabe?

— Ela viu vocês se beijando. Só isso.

— Só isso? Houve mais alguma coisa?

— Não, imagina!

Mentir para a mãe não era algo que deixava Ahmed à vontade, mas ele sabia que em algumas situações não havia outra solução. Foram poucas as vezes em que ele mentira para Khalidah. Todas elas relacionadas com as ocorrências que tivera com Aisha e Daniela, e agora sobre as circunstâncias que cercaram o seu encontro no rio com Damiana e Fabiana.

Após o almoço, Ahmed foi para o quarto e se deitou, esperando, como de hábito, fazer a sesta. Não conseguiu. O episódio do rio veio-lhe à cabeça. Agora, na calmaria do seu quarto, pôde avaliar melhor o que ouvira da amiga de Damiana quando disse que não podia se levantar porque estava nu. "Nós não nos importamos, fique tranquilo. E não precisa ficar agachado o tempo todo não, vai acabar com dor nos joelhos." Aquela lembrança foi suficiente para uma nova ereção, que o levou a se masturbar.

Em seguida se levantou, pegou o livro que estava sobre a mesinha de cabeceira, sentou-se na pequena poltrona do quarto e começou a ler. Ficaria ali por cerca de duas horas, tempo que levaria para ler a cota diária de páginas que havia estabelecido como rotina para si mesmo. Talvez pudesse até ser mais rápido e terminar a leitura antes do tempo, mas preferia ler e reler, anotando as passagens que julgava mais interessantes. Algumas vezes fazia um ou outro comentário à luz do que aprendera nos livros que se propunham a ensinar a arte de escrever. Comprara todos os que foram indicados por seu amigo Gerald, o jornalista inglês que conhecera em Mogadíscio.

Também aproveitou a tarde para analisar os folhetos que sua mãe lhe entregara e que continham os cursos oferecidos pelas universidades do Rio. À noite conversaria com os pais sobre os passos que pretendia dar.

Quando desceu, foi direto para a sala de jantar.

— Mamãe, papai, boa noite — disse ele, enquanto se sentava. — E então, papai, recebeu a mensagem com o meu novo número de telefone?

— Recebi e te respondi. Você não viu?

— Ah, tá aqui, havia deixado o celular no silencioso e não vi quando chegou a sua resposta — disse ele, olhando o aparelho.

— E como foi o seu dia? — perguntou-lhe o pai.

— Correu tudo bem — respondeu, pensando consigo mesmo que fora bem até demais.

— Sua mãe me disse que já te entregou os folhetos dos cursos universitários.

— É sobre isso que quero conversar com vocês. Resolvi prestar vestibular para uma universidade pública. Acho que são as que têm maior prestígio.

— Há uma universidade privada que também tem muito prestígio. Tem a vantagem de estar localizada na zona sul do Rio de Janeiro, para onde sua mãe e eu achamos que deve se mudar.

— Eu falei para o Ahmed que poderíamos alugar um apartamento em Ipanema. Ouço falar tanto desse bairro que gostaria de passar uns dia lá.

— Sua mãe tem razão, Ahmed. Você poderia ir e vir comigo todos os dias, mas seria um sacrifício. Teria de acordar muito cedo e só voltar no final da tarde. E além disso, eu teria que te deixar na universidade e voltar para o centro da cidade.

— Ou poderia me deixar no centro e aí eu iria de lá.

— E levaria sabe-se lá quanto tempo a mais para chegar à universidade. A ideia do apartamento é boa. Vez por outra ela poderia passar uns dias com você, e eu também, em uma eventualidade qualquer, poderia dormir por lá.

— Eu estava querendo economizar. A universidade a que o senhor se refere é paga, e não é nada barata.

— Não se preocupe com dinheiro. Se estamos oferecendo é porque podemos pagar — disse o pai, com orgulho.

— Ok. Na próxima semana vou conhecer o campus dessa universidade.

Depois do jantar, conversaram por mais uma hora. Dabir falou sobre os planos que tinha de fazer da chácara um centro de produção de frutas e hortaliças. Venderia uma parte para pagar os custos e doaria o restante para algum centro de caridade ou orfanato. Ahmed não se surpreendia com a atitude do pai, pois em Mogadíscio ele contribuía para uma instituição que cuidava de crianças abandonadas pelas mães à própria sorte no deserto da Somália.

Durante a conversa, Kkalidah contou que recebera um telefonema da mãe dizendo que todos estavam bem e que não se preocupasse com a falta de notícias dos outros filhos.

Despediram-se como de hábito, com beijos e abraços, e foram dormir.

****

— *Oi, Ahmed. Venha, eu já o esperava* — disse Fabiana. *Não precisa se esconder, só estou com a blusa* — continuou ela, levantando-se e caminhando em direção à encosta do rio.

O corpo de uma mulher adulta em uma adolescente fascinava Ahmed. Era assim que via Fabiana, com os seus fartos seios, mais uma vez ousadamente à mostra, sob a blusa que a água se encarregava de tornar transparente. Ralos e espalhados pelos no monte de vênus, tal e qual o mato que

99

cresce nas florestas sem luz do sol, e uma genitália externa totalmente depilada o hipnotizavam. Atônito com o que via, Ahmed balbuciou uma ou duas incompreensíveis palavras. Quando retomou o fôlego, deu-se conta de que as pernas de Fabiana, entrelaçadas em sua cintura, haviam-no capturado.

Acordou no meio da noite. Alguma coisa o incomodava. Passou as mãos sob o pijama e viu que precisava mudá-lo. Foi ao banheiro, limpou-se e voltou para a cama. Exausto, dormiu novamente até as dez horas da manhã.

10

O sonho que tivera com Fabiana despertou em Ahmed um desejo quase que incontido de estar com ela, que aumentou com o passar dos dias. Durante os dois meses que se seguiram, ele foi ao rio no mesmo horário em que a havia encontrado, na esperança de vê-la novamente.

No último dia da primeira semana de novembro, ao chegar ao rio e cumprir o que já se tornara uma rotina: tirar a roupa e mergulhar na piscina natural que ele mesmo improvisara com uma barreira de troncos de madeira, notou que Fabiana também se banhava no rio. O sonho que tivera há pouco tempo ainda não deixara os seus pensamentos.

O desejo recíproco de trepar avançou sobre a alma dos dois, e, logo em seguida, manifestou-se por cada milímetro de seus corpos. Alguns segundos depois já estavam deitados sobre a pequena margem de areia. Os gemidos de prazer que davam engoliam agora o ruído da correnteza e se perdiam no mangueiral que ficava à beira do rio.

A partir daquele dia, encontravam-se pelo menos duas vezes por semana, para dar vazão aos voluptuosos instintos que se apossaram deles.

Em meados do mês de dezembro, Ahmed viajou com os pais para a Somália para ver os seus irmãos e a avó. Ficaria lá até a primeira quinzena de janeiro, quando deveria então retornar para prestar o vestibular para a faculdade.

Ao chegar à Somália, soube que Aisha havia se casado e que sua família, incluindo a mãe e Haken, haviam se mudado para outra aldeia. Tentara encontrá-los, mais ninguém sabia de seu paradeiro. Sem a presença do melhor amigo e de Aisha, dedicou todo o tempo disponível à leitura e aos estudos para o vestibular que faria em breve.

Quando voltou para o Rio, soube que Fabiana também havia se mudado com os pais para o subúrbio carioca, pondo um fim às suas aventuras sexuais.

Seus conhecimentos de literatura, geografia e história compensaram seu fraco e compreensível desempenho na prova de português e lhe garantiram, apesar disso, uma boa colocação no vestibular. Ainda não completara dezoito anos quando se matriculou na faculdade de jornalismo. Em mais um mês passaria a morar no apartamento que os pais compraram.

O fato de ter entrado para a faculdade não alterou a rotina de Ahmed nas semanas que antecederam sua mudança. A mãe vivia lhe dizendo para começar a arrumar as coisas que levaria para a nova casa, e ele lhe dizia que tinha tempo, que não se preocupasse. Afinal, não tinha tantas coisas assim, apenas suas roupas e livros. Três ou quatro horas seriam suficientes para a arrumação. E se faltasse alguma coisa, pegaria quando voltasse para a casa dos pais no fim de semana.

Para ocupar o tempo antes de se mudar para o Rio, resolveu comprar uma bicicleta. O tempo que passara em Londres pusera-o diante de um espaço urbano muito diferente do que fora acostumado a ver na Somália. As ruas asfaltadas da cidade inglesa, que acolhiam verdadeiros formigueiros humanos, eram agora substituídas por estradas de terra batida por onde se podia caminhar quilômetros sem cruzar com vivalma. Isso o remetia para a sua terra natal, de onde acabara de chegar, e lhe dava muita alegria. Queria agora, antes de se mudar para mais uma cidade dominada pelo asfalto, aproveitar ao máximo o vilarejo.

Poderia retornar à casa dos pais quando quisesse, mas alguma coisa lhe dizia que se tornaria refém da nova vida, e que aos poucos seria levado a substituir seu modo de viver, nos últimos meses dedicado quase que exclusivamente à leitura e à comunhão com a natureza.

Um fato lhe chamou a atenção. Tudo o que ouviu e viu na chácara do pai quando chegou de Londres havia agora desaparecido tão misteriosamente quanto surgira: a canção chamando o vento, supostamente cantada pelo finado Jorginho, o perfume que sentira das flores dos manguerais, e até mesmo Damiana, sua vizinha, a única cuja certeza de existência não se podia questionar, não davam mais as caras.

Quando saiu de casa, o vento quente e vaporoso que soprava naquele início de manhã parecia ser o porta-voz da caldeira do inferno, anunciando que teriam mais um dia insuportavelmente quente. Foi então que se lembrou do vento frio que saía da pequena floresta que fazia divisa com a chácara do pai. Resolveu ir até lá, e depois iria dar um mergulho no rio. A seguir faria sua leitura, almoçaria, dormiria um pouco, como de hábito, e à tarde, quando os raios solares perdessem força, daria o seu passeio de bicicleta. Já estava para entrar no caminho que o levaria à floresta quando ouviu alguém chamá-lo.

— Bom dia, patrãozinho, está sumido. Há tempos não o vejo — disse-lhe Dionísio, que vinha logo atrás, com a enxada na mão e com um tom que esperava uma resposta para o comentário que fizera.

— Bom dia, Dionísio. Você por aqui? Estranhei não tê-lo visto limpando piscina.

— Tenho que capinar uma área ali na frente. A piscina ficará para depois.

— Realmente, faz um bom tempo que não nos vemos. Como você sabe, ficamos um tempo fora, e quando voltei, soube que você havia tirado férias e que estava para voltar.

— Sabe, patrãozinho, por aqui trabalhador de roça não tira férias, não. Foi seu pai quem inventou essa moda de tirarmos férias. Santo homem!

O que acabara de ouvir de Dionísio não lhe causou surpresa. Na Somália, ele fora acostumado a ver o pai tomando atitudes que sempre valorizavam e favoreciam seus empregados. Vez por outra, esses mesmos empregados, quando despedidos por algum desvio de conduta, processavam-no na Justiça do Trabalho, iludidos pelos advogados desonestos. Quando contava o ocorrido, seus colegas de trabalho sempre lhe diziam que não aprendia. E ele respondia que o mau caráter de uns não poderia ser generalizado e que não se deixaria governar pelas exceções.

— Eu queria mesmo falar com você. Achei estranho que tudo aquilo que eu te contei deixou de acontecer e...

— Tudo aquilo o quê?

— O vento, as canções, e por aí vai.

— Eu não falei que o senhor estava vendo e ouvindo coisas?

— É, mas você falou também que coisas estranhas aconteciam por aqui — teimou. — Só espero que o vento frio que saía daquela pequena floresta que fica lá na frente não tenha sido uma ilusão, porque estou indo até lá para me refrescar um pouco desse calorão miserento. Eu não sei como você aguenta trabalhar com um calor desses.

— A gente se acostuma, patrãozinho. E depois, levo aqui comigo a minha moringa de barro, que mantém a água geladinha. Mas o senhor falou de vento frio saindo da floresta?

— Isso mesmo.

— Eu não sei disso, não. Talvez um calafrio qualquer tenha tomado conta de seu corpo, e aí...

— Posso lhe garantir que não. Mas porei isso à prova em mais alguns minutos.

— Lá dentro há um antigo cemitério, desativado há muitos anos. O povo daqui conta muitas histórias. Mas tudo não passa de bobagem.

— Espero mesmo que sejam bobagens.

— O patrãozinho não acredita nessas coisas, acredita? — perguntou Dinonísio, adiantando-se ele mesmo a responder a pergunta que fizera. — Duvido que acredite. Um homem educado como o senhor não pode acreditar nessas coisas que o povo inventa.

— Sei que há muito folclore por aí. Mas não se esqueça de que, mesmo em países ditos mais adiantados, o sobrenatural ainda faz sucesso, pelo menos em alguns filmes e na literatura dita fantasmagorizante, que insistem em chamar de fantástica.

— Disso não entendo nada, mas posso lhe dizer uma coisa: tudo isso que tá por aí, patrãozinho, foi inventado pelas igrejas. Os fantasmas, o demônio, o medo, a culpa, a redenção.

— Inventado pelas igrejas?

— Digo igrejas porque agora são muitas. Antes só havia por aqui a igreja do padre Raul, um espanhol que, apesar de estar no Brasil há mais de vinte anos, falava uma língua toda enrolada. A gente entendia metade do que ele dizia. E quer saber de uma coisa? Aí tava o segredo.

— O segredo? Mas vocês não o entendiam!

— É exatamente por isso, tudo era mais misterioso. Cada um entendia o que queria ou ficava sem entender nada mesmo e fingia que entendia. Ele foi embora para a Espanha. O padre que ficou em seu lugar não falava como ele. A gente entendia tudo, e aí...

— E aí...?

— Perdeu a graça. E depois vieram as outras igrejas, prometendo um monte de coisas e nos amedrontando com o tal de Satanás.

Vendo que a conversa não terminaria mais, Ahmed esperou por uma brecha e se despediu de Dionísio. Quando chegou à margem da pequena floresta, notou que a temperatura não havia diminuído. O calor aumentava a cada minuto. — Talvez o Donísio esteja mesmo certo — disse Ahmed para si mesmo. — Andei mesmo vendo e sentindo coisas. — Em seguida foi até o rio, mergulhou, nadou um pouco e voltou para casa.

Sua mãe continuava insistindo para que providenciasse a mudança. Resolveu não contrariá-la. As dores de cabeça, resultantes de um tumor cerebral benigno detectado através dos exames, haviam diminuído com os medicamentos receitados. O neurologista havia indicado uma cirurgia, o que a deixaria internada por pelo menos uma semana, caso não houvesse alguma complicação, mas ela resolvera esperar pela mudança do filho. Durante todos os dias do mês de fevereiro Ahmed ocupou as suas manhãs com o mergulho no rio seguido por suas leituras. Deixara o final das tardes para os passeios de bicicleta.

Assim que o mês de março inaugurou o seu primeiro dia, Ahmed mudou-se para seu novo lar. O apartamento em Ipanema estava localizado em uma rua calma, arborizada, que ficava entre a praia e a lagoa. Era uma cobertura dúplex, situada no terceiro andar de um velho prédio sem elevadores. No primeiro piso, um pequeno corredor que terminava em uma ampla sala, dois quartos, um banheiro, cozinha e dependências de empregada. No andar superior, cujo acesso era feito através de uma larga escada de madeira, uma sala transformada em escritório, um banheiro e uma pequena área aberta com algumas plantas distribuídas pelos cantos. — Mas para que isso? — foi a pergunta que Ahmed se fez quando viu que havia uma sauna instalada nessa área aberta. A pergunta fazia sentido. Apesar de ser março, a temperatura ali fora beirava os 43 °C.

As aulas começariam em mais uma semana, mas ele achou melhor antecipar a mudança para se ambientar no novo bairro, que apesar de ser considerado o mais elegante da cidade, ainda mantinha algumas pensões familiares que serviam almoço e jantar. E foi em uma dessas pensões que ele começou a comer. Sua mãe sugeriu que contratasse uma empregada, mas ele optou por uma diarista duas vezes por semana para limpar o apartamento.

Teria agora que se acostumar novamente com a presença muito próxima de vizinhos. Em Mogadíscio ele morava em uma casa que ficava em um amplo terreno, fato que mantinha os vizinhos a uma distância que os tornava reciprocamente imunes a qualquer tipo de incômodo. Em Londres, apesar de morar em uma casa contígua à do vizinho, não houve qualquer tipo de incidente. O silêncio espalhava-se por todo o espaço geográfico do seu entorno e raramente ouvia qualquer tipo de ruído. Na chácara do pai, o vizinho mais próximo estava a centenas de metros, e durante todo o tempo em que lá estivera só encontrara duas ou três vezes com a Damiana; sequer conhecera sua mãe ou qualquer outro membro da família. Mas ao que tudo indicava, esse panorama iria mudar. Fora alertado pelo porteiro que o vizinho do primeiro andar era chegado a bravatas e que tinha até mesmo uma arma que costumava brandir para os desafetos.

— Ele é louco, doutor. Dizem que bate na mulher e que uma vez largou a mão na própria mãe — disse-lhe José, o porteiro, com seu forte sotaque mineiro.

Ahmed preferiu não fazer comentários e desviou o assunto.

— Você fala um pouco diferente do pessoal daqui, José. De que região você vem?

— Do interior de Minas Gerais, doutor.

— Não sou doutor, não, José. Pode me chamar de Ahmed.

— O senhor quer que me mandem embora? O síndico me obriga a chamar a todos de senhor ou doutor, e ai de mim se não cumpro as ordens. Ele diz que tenho que ter respeito pelos moradores.

— José, estamos em pleno século XXI. É inconcebível que o respeito que devemos ter por outra pessoa esteja vinculado a uma simples palavra — disse, indignado. — Pois fique sabendo que exijo que me chame de você. Quando tiver oportunidade, falarei com ele.

— O senhor é uma cara bacana, então vou lhe contar um segredo: ele era homossexual antes de se casar, vivia com um amigo.

— Bem, isso não vem ao caso. É uma questão de opção e temos que respeitar. O que não podemos admitir é essa postura de capataz que ele parece ter.

— O senhor tem razão, mas ele já era síndico quando vivia com o amigo. E não era violento, não. Tudo começou quando em um belo dia ele pôs o cara para fora do apartamento e disse que iria se casar.

— As pessoas não são ou deixam de ser violentas por se tornarem ou deixarem de ser homossexuais, José. Acho que foi uma coincidência.

— O senhor tem razão. Falei bobagem — confessou, logo mudando de assunto. — O casal que vivia no seu apartamento, antes de seu pai comprar, também era gay. Eram violentos e viviam brigando, até que um dia...

— Até que um dia?

— Um deles enfiou a faca no bucho do outro, que morreu.

— Então houve a morte de um morador aqui?

— E não foi a primeira, não.

— Como assim?

— Antes deles, vivia ali um casal que perdeu uma criança.

— Perdeu, ela desapareceu?

— Não, morreu com cinco anos.

— Ah, mas que coisa triste. Parece que o apartamento está marcado por trágicos acontecimentos.

— É, parece que ali nada dá certo — disse, elevando o dedo indicador em direção ao apartamento de Ahmed. E antes deles, vivia um casal que acabou se separando seis meses depois de se mudar.

— Mas separação de casal é coisa muito comum há muito tempo, José.

— Mas eu me lembro bem do dia em que se mudaram para cá. Eram muito felizes. Não deu nem um mês e aí tudo mudou. Era briga todo santo dia. Até faca voava naquela casa, doutor.

— Espero que tudo mude e que esse ar carregado desapareça — concluiu Ahmed. — Bom, tenho que ir. Já vi que será difícil convencê-lo a deixar o doutor de lado. Durante toda a nossa conversa você se manteve fiel às ordens do síndico.

Antes de se despedir, Ahmed pediu a José que lhe desse a indicação de um ônibus que o levasse à universidade.

— Pegue a rua Montenegro, aquela ali da esquina — apontou José. — Depois vá direto até a rua Prudente de Moraes, uma antes da praia, dobre à esquerda e encontrará um ponto de ônibus. Pegue o 592, Gávea, que vai deixar o senhor bem em frente à universidade — terminou.

Não havia como errar o caminho que o levaria ao ponto de ônibus, afinal o prédio onde morava, na rua Nascimento Silva, ficava a poucos metros da rua por onde devia seguir. Uma coisa, entretanto, chamou-lhe a atenção. — Bolas, o José me disse que essa era a rua Montenegro, mas na placa está Vinicius de Moraes. Deve haver algum engano — concluiu, resolvendo parar e perguntar na banca de jornal.

— Antigamente essa rua era a Montenegro — disse o jornaleiro —, mas aí vieram uns políticos e resolveram rebatizá-la. Passou a ser a Vinicius de Moares — explicou. — Pessoalmente achei um absurdo. Nada contra o Vinicus, uma grande figura, poeta, escritor, músico e, segundo as suas ex-mulheres, um amante da melhor qualidade — acrescentou sorrindo —, mas achei uma sacanagem tirar o nome do outro. Alguns de nós, que estamos no bairro há muito tempo, nos recusamos a chamá-la de Vinicus. Para nós será sempre a Montenegro e ponto final — concluiu.

Ahmed deixou para trás a banca de jornal, com a convicção de que os habitantes do bairro gostavam de estender a conversa e contar histórias acerca de tudo. Andou mais duas quadras e meia e chegou à Prudente de Moraes. Dobrou à esquerda e lá estava ele, o ponto de ônibus, exatamente como José lhe dissera.

Estava com sorte, a condução que o levaria à universidade estava chegando. Havia dentro cinco pessoas: ele, o motorista, o cobrador e mais dois passageiros. Tão logo pegou o dinheiro para pagar a passagem, o condutor arrancou com o veículo, que logo assumiu ares de uma besta desenfreada. Ele passou pela roleta e já se preparava para sentar quando o motorista, às gargalhadas, retirou o pé do acelerador e fez uma flexão com o joelho direito, trazendo-o para a mais alta posição que o habitáculo onde estava lhe permitia. Em seguida, numa sucessão harmônica de várias contrações musculares que envolveram seu glúteo, coxa e perna direita, estendeu o joelho e o desceu com todas as forças que seu pesado corpo podia lhe oferecer. Havia acumulado energia potencial suficiente para que aquele ato lhe permitisse dar a maior e mais eficiente freada de que se tem notícia. Foi então que Ahmed, não podendo mais controlar seu centro de gravidade para se manter em equilíbrio, foi violentamente lançado ao chão, tendo antes girado no ar, dando uma completa cambalhota. Resultado: fratura do ombro direito e um forte e generalizado espamo muscular. A dor que sentia e as gargalhadas, não mais restritas apenas ao motorista, o assustaram. Saiu do ônibus e procurou o hospital mais próximo.

Resolvera não contar nada aos pais, pois certamente iria preocupá-los. Contaria apenas no final de semana, quando os fosse visitar.

Durante um bom tempo, Ahmed foi atingido por uma série de incidentes que pareciam estar longe de querer deixá-lo. Certo dia, enquanto aguardava um colega da universidade que viria em sua casa, resolveu ligar o ventilador de teto da sala que ficava no andar superior da cobertura. Acabara de girar o controle quando a campainha tocou. Mal descera os três primeiros degraus da escada, foi surpeeendido por um violento barulho. As pás do ventilador haviam se despreendido e, para sua sorte, caíram sobre o patamar por onde acabara de passar. — Ufa! Essa foi por pouco — disse ele, refazendo-se do susto.

Aconselhado pelo amigo, resolveu chamar um padre para benzer o apartamento. A universidade que frequentava era católica, e os seus três anos ali lhe deram a oportunidade de conhecer alguns padres. No entanto, preferiu chamar aquele que conhecera no aeroporto e que conversava com seu pai quando chegou com sua mãe de Londres. Apos a bênção, os ruídos e incidentes desapareceram, mas o futuro ainda lhe traria algumas surpresas.

****

Quando terminou o curso, já havia escrito seu primeiro romance. Precisava, então, antes de submeter os originais às editoras, pedir que alguém avaliasse o que escrevera. Foi quando se lembrou de Alessandra Braga, a editora que conhecera no avião que o trouxera ao Rio de Janeiro. Deixou uma cópia dos originais com ela e pediu que lhe avisasse assim que terminasse.

— Você tem talento, meu jovem. Aliás, isso eu já sabia, desde aquela nossa conversa no avião. À época você me impressionou, e agora confirmo minha intuição
— Intuição, Alessandra?
— Isso mesmo, eu sabia que você se tornaria um excelente escritor.
— Puxa, obrigado. Fico muito contente.
— Acho que tenho um emprego para você.
— Um emprego?
— Isso mesmo — confirmou. — Um jornal me contatou, pedindo a indicação de um correspondente para residir em Paris. Além de inglês e francês, é preciso que também fale árabe. E além de tudo, você frequentou uma excelente universidade. Só depende de você.
— E seria para começar...
— Imediatamente. Fale com eles e, se aceitar, faça as malas. E não se preocupe, cuidarei da publicação de seu livro.

Em Paris, Ahmed foi designado para cobrir os crimes que alguns grupos radicais islâmicos estavam cometendo no leste da África. Poderia afinal retornar à sua terra natal, mas esse retorno viria a deixá-lo por meses em profunda depressão. Soube dos detalhes da morte de Aisha. Ao descobrir que não era mais virgem, seu marido a oferecia para os seus amigos, que a estupravam com frequência. Seu irmão Haken, revoltado com a situação, denunciou o cunhado e toda a corja à polícia. Todos foram presos, mas, graças a um acordo financeiro que fizeram com a mãe dela, logo foram soltos. De vítima, Aisha virou ré quando o ex-marido, para recuperar o dinheiro que havia dado, e em conluio com alguns policiais, a denunciou como prostituta. Foi presa e condenada pela Sharia a morrer apedrejada.

A revolta de Ahmed levou-o a denunciar, na imprensa da França, as barbaridades cometidas pelos fanáticos grupos religiosos. A partir dessas denúncias, passou a receber ameaças de morte. Aconselhado pelo próprio jornal onde trabalhava, retornou ao Rio de Janeiro e adotou o nome de Pedro Couto.

11

Zona sul do Rio de Janeiro,
ano de 2084 no calendário gregoriano.

Pedro Couto estava sentado na mesma cadeira de balanço que mandara fazer quando completara cinquenta anos. Ao seu lado, em cima de uma pequena mesa, os comentários sobre o último livro que escrevera, um romance que abordava o hibridismo cultural e contava a história de um emigrante com uma personalidade compartilhada entre a arte da *flanerie* e o exercício do *voyeurismo*.

Confetes, serpentinas e lança-serpentinas dividiam com as folhas secas de mangueira caídas ao chão o espaço à sua volta. Não muito longe de onde estava, uma grande mesa forrada com uma toalha branca de renda e alguns copos ali esquecidos denunciavam que alguma coisa havia sido festejada sob aquela grande mangueira. Pedro pensou que só mesmo Maralina para convencê-lo a festejar seu aniversário, mas era impossível negar qualquer coisa à sua querida neta. Mas afinal, eram seus oitenta anos.

Lembrou-se da primeira vez que se sentara sob aquela mesma árvore. Sessenta e três anos haviam se passado desde então. Resolveu avançar com suas recordações. Buscou uma melhor posição na cadeira, fechou os olhos e deixou-se levar ao passado.

Seus ressecados olhos, cansados de tantas leituras, encharcaram-se. Refeito da emoção, prosseguiu com sua viagem ao passado. O período em que vivera em Londres; sua viagem ao Rio; o primeiro passeio pela chácara que o pai comprara; sua carreira de escritor; sua ida a Paris; o atentado que quase lhe tirara a vida; a mudança de nome e o retorno ao Rio para escapar da condenação à morte imposta por grupos radicais; o nascimento de seus filhos e depois de sua neta. Tudo se sucedia em uma lenta cadência, permitindo-lhe acessar cada detalhe daqueles acontecimentos. Teria continuado, se não tivesse começado a ouvir uma canção e a sentir um doce perfume. A mesma canção que ouvira e o mesmo perfume que sentira nos seus primeiros dias no Rio de Janeiro.

Abriu os olhos, mas sabia que não conseguiria identificar a origem da canção e tampouco explicar o aroma que sentia. Viu então que uma borboleta vinha em sua direção. Não tinha certeza de que seria uma borboleta idêntica à que vira sob aquele mesmo pé de manga há mais de sessenta anos, pois ainda estava muito distante. À medida que ela se aproximava, parecia tornar-se cada vez maior, desproporcionalmente maior. Ele não deu muita importância para o fato, afinal, acostumara-se a sentir aromas e a ver e ouvir coisas para as quais nunca encontrara explicação. Mas desta vez parecia haver algo diferente. A borboleta começou a balançar as asas com mais e mais velocidade e a ganhar mais e mais envergadura.

Então, um forte vento balançou os galhos das mangueiras, separando-os e deixando que uma forte luz iluminasse todo o entorno, antes sombreado pela árvore que o acolhia. Uma nuvem de poeira misturada com as folhas secas das mangueiras e com os restos dos enfeites da festa cegaram temporariamente Pedro, que imediatamente fechou os olhos para proteger o que tinha de mais valioso, a visão. Alguns segundos depois, reinou a calmaria. A forte ventania se fora, os galhos das mangueiras, agora juntos de novo, impediam a penetração da luz. O perfume e a borboleta também haviam desaparecido.

PedroCouto abriu os olhos e viu suspenso no ar, dois metros acima do solo, um homem com a barba longa, vestido com uma túnica da cor da terra e um turbante branco na cabeça. Sua longa experiência com o budismo o ensinara a encarar os fatos com naturalidade, sem estupefações, por mais estranhos que pudessem parecer. Curioso com a repentina aparição, mas demonstrando serenidade, começou a fazer indagações.

— Desculpe-me, mas acho que não fomos apresentados. E depois, gostaria de saber um pouco mais sobre essa sua repentina e aérea aparição.

— Você não me conhece, Ahmed, ou PedroCouto, como queira, mas eu, ou melhor, nós o conhecemos muito bem.

— Me conhecem bem? Nós quem?

O estranho visitante se apresentou, disse ser o anjo islâmico Al-Khidar e contou para Pedro que ele, nascido Ahmed, esteve prestes a morrer no ano de 2008, e também que lhe fora dada, por graça de Alá, a oportunidade de viver até os oitenta.

— Ei, ei, espere um pouco. Vejamos se entendi, Sr. Al-Khidar. Em 2008 eu tinha cinco anos., e segundo o que me diz agora fui abandonado pela minha mãe e estava à beira da morte quando o senhor apareceu, não é mesmo?

— Ainda não completara os cinco anos, na verdade nem os completará.

— Olha aqui, Sr. Al-Khidar, eu não sei como o senhor apareceu aqui. Deixo isso na conta das coisas inexplicáveis que me acompanharam durante toda a vida. Mas como é que aos oitenta anos vou acreditar nessa história?

— O senhor não precisa acreditar. Apenas lhe comunico que chegou a hora de partir. Faço isso com todos, não se preocupe, o senhor não é exceção.

— Neste momento isso é irrelevante. Pois bem, admitindo que essa loucura toda seja verdade, por que me não me levaram lá em 2008?

— Todos devem morrer, mas não era de todo certo que àquela época deveríamos levá-lo. Não houve consenso, e alguém lá do conselho superior fez uma aposta...

— Uma aposta?

— Vou lhe contar uma coisa. Lá na sua terra, quase todos já nascem predestinados a morrer cedo, seja por doença, pela fome ou pela guerra entre as tribos — explicou. — Já é um fato consumado. Para que salvar um pobre coitado da morte iminente? Que contribuição ele poderia dar para a humanidade? E foi aí que alguém disse que se mudássemos o curso da história e déssemos uma chance a uma criança, ela poderia sim ter uma vida decente e, de alguma forma, lutar para tornar o mundo um pouco melhor.

— Estou embasbacado com toda essa história — disse Pedro, bastante confuso. — Você se diz um anjo, mas veio para tirar-me a vida. O que acontece lá por cima? Falta de funcionários? — ironizou. — Nunca soube que anjos tirassem a vida de alguém. Bem, pelo menos os que não se revoltaram, mas esses considero como exceções; ou talvez já não sejam mais anjos.

— Gostei do seu senso de humor, mas prefiro dizer que estou aqui para anunciar que sou a morte. Espero que isso não o assuste.

— Você é bastante velha. Nasceu com a criação do mundo — replicou Pedro—, é imortal porque renasce a cada segundo com o falecimento de alguém, mas não a temo.

— Ah, há muitos que dizem não me temer, até o momento das apresentações. Poderia convencê-lo do contrário mostrando-lhe as reações das centenas de milhares de pessoas que recruto neste momento. E para você é fácil falar que não me teme, afinal, não está mais vivo.

— Mas tampouco estou morto. E dentro de toda essa irrealidade que você criou para mim, ainda me considero um ser vivo, seja lá em que dimensão me encontre. Vocês não me deram todas as prerrogativas de um ser vivo? Me deram, não foi?

— Não esperávamos por essa sua reação. Não acha que está sendo ingrato?

— O budismo me ensinou a lidar com a sua constante ameaça, Sr. Al-Khidar. Me ensinou também a comtemporizar muitas situações e buscar sempre a harmonia. Mas acho totalmente descabida essa história toda, e compete a mim, sim, contestá-la.

— Se for verdade o que diz, que não teme a morte, você é um afortunado. Todas essas religiões que existem por aí fracassam na tentativa de fazer com que seus fiéis não me temam. Há exceções, é claro, mas são tão poucas.

— Pois é, o budismo me ajudou a encerrar todos os meus demônios na minha cabeça, e por mais que os meus algozes tentassem libertá-los, não conseguiram. Domei-os, foram incapazes de me atormentar com culpas e outras coisas mais.

— Não se esqueça que sou o único bem comum de todos; dos pobres, dos ricos, dos recém-nascidos e dos moribundos.

— Bem comum? Agora o senhor se contradiz. Se fosse um bem comum, não o temeriam como o temem. E esse medo se fundamenta no fato de que o senhor representa um perigo de consistência desconhecida.

— Bem, não vou entrar no mérito da questão, mas sugiro que os homens encontrem as respostas nas religiões que eles próprios inventaram e que acabaram por dividir os céus em estratos.

— Não fale das religiões. Algumas são enganadoras, eu sei, outras chegam a extorquir os seus fiéis, mas há as que confortam.

— Ilusão sua, meu caro. Você não acha que oitenta anos não representam uma razoável extensão do seu tempo aqui na terra?

— Na verdade, já não sei como devo me ver; se como um garoto prestes a completar seus cinco anos e morrer com sofrimento em um deserto escaldante, ou como um velho de oitenta cujo corpo simplesmente se dissolverá no ar. Se respondo à sua pergunta imaginando ter a idade que tenho, oitenta anos, digo-lhe que preferiria dilatar esse tempo, principalmente considerando que nos dias de hoje vive-se até os 95 com muita saúde.

— Você já não realizou tudo o que tinha que realizar? Tornou-se um escritor que vive do que escreve, convenhamos, tarefa impossível para a maioria dos seus colegas. Casou-se com uma mulher que sempre te amou, teve uma filha e uma neta que o adoram. O que lhe falta mais?

— Nem mesmo todas as vitórias que conquistei e os momentos de felicidade que vivi são suficientes para deixar de querer prolongar a minha vida. Não por temê-lo, Al-Khidar, porque, como já lhe disse, estou blindado contra o medo que o senhor representa.

— Conversa, meu caro, pura conversa. Você quer prolongar a sua vida porque acha que deve se redimir de alguns pecados aqui na terra e garantir assim a sua entrada no céu.

— Aí é que o senhor se engana. Tenho a certeza de que me será assegurado o livre-arbítrio para escolher entre o andar superior, o andar intermediário ou o andar inferior do seu território.

— Remexa o seu passado, Sr. Ahmed, e encontrará nele motivos para duvidar de que poderia ter livre acesso a qualquer instância lá em cima.

— Mas que passado? — indignou-se. — Teria que pagar até mesmo por algum erro na vida irreal que vivi? Ou vão considerar a minha curta existência no deserto africano? Poderia uma criança com apenas quatro anos, que só conheceu a fome e a miséria, ter cometido algum pecado que não fosse apenas o de ter nascido?

— Você se esquece que trocou o islamismo pelo cristianismo, e que depois se converteu ao budismo? E sem falar do padre que chamou para benzer a sua casa — acrescentou.

— Havia muitas coisas estranhas acontecendo por lá, objetos que se moviam, estranhos ruídos e por aí vai. Sem contar aquele ventilador que despencou do teto e quase me matou.

— Aquela sua casa estava marcada por muitos espíritos malignos que fizeram mal a quase todos que lá viveram antes de você.

— Seja lá como for, acredito que a bênção do padre resolveu a situação.

— E você acha que foi isso que te salvou? Bem — interrompeu, — antes que me responda, vou lhe dizer uma coisa. Lá em cima há, digamos, uma departamentalização do que vocês chamam aqui embaixo de religião — explicou. — Você cabia a mim, e ainda que o padre tivesse dado a bênção, fui eu que o desviei da queda do ventilador, assim como também fui eu quem o salvou daquela surra que te mataria lá na Alemanha. Ah, lembra-se daquela floresta no sítio do seu pai de onde saía um vento frio?

— É claro, mas me lembro também que antes de me mudar para o Rio aquele vento frio já havia desaparecido.

— Não, ele não desapareceu. Eu criei uma barreira de calor para que você não fosse averiguar o que acontecia. Se tivesse entrado lá, não sairia com vida. Ali eu não tinha poderes para salvá-lo.

— Isso significa que todas essas ocorrências, inclusive o atentado em Paris, eram arquitetadas lá em cima? — perguntou, apontando para o céu.

— Era o grupo que achava que você deveria ter morrido aos cinco anos. Ficaram inconformados. E depois disso tudo, você se bandeia para o lado do cristianismo, budismo e...

— Ei, ei, peraí. Eu nunca morri de amores pelo islamismo e tampouco pelo cristianismo. E por falar em morrer de amores, o senhor sabe muito bem que para salvar a própria pele tive que adotar um nome cristão e voltar para Rio de Janeiro.

— Depois da confusão que você arrumou para protestar contra a morte de Aisha, ocorrida há tempos. Não se esqueça que fui eu quem a buscou.

— Depois de seu bárbaro assassinato. Morrer apedrejada não é o tipo de morte que desejo para meu pior inimigo. Ah, como minha querida Aisha deve ter sofrido.

— E aí você esperneou, como escritor botou a boca no trombone, amaldiçoou os fundamentalistas — acusou. — E acabou nos dando trabalho. Como já te disse, tivemos que interceder para que não o matassem antes do tempo.

— Me matar? Mas eu não estava vivo!

— Mas também não estava morto. E o programa que tínhamos idealizado para você não podia ter sido alterado. A sua virtualidade tinha que ser vivida até agora.

— Seja lá como for. O fato é que eles eram assassinos. Isso é o que eram, cruéis assassinos, e isso é o que são aqueles que em nome da religião continuam cometendo essas atrocidades, a menos de vinte anos para o século XXII.

— Você a amava, não é? Por isso a sua morte prematura o revoltou tanto.

— Morte prematura? Vindo de você, e sendo você quem é, surpreendo-me com tal afirmação — indignou-se. — Imaginava que o seu ofício o tivesse ensinado a não se preocupar com a idade dos que vem recolher. Mas não importa. Aisha foi o meu primeiro grande amor, e deixou a sua marca. Mas faria o que fiz por qualquer outra pessoa, como na verdade o fiz, lutando contra outras injustas condenações — continuou. — A voz de indignação que dei a alguns dos personagens dos meus livros, que clamavam por mudanças na conduta dos que praticavam as barbáries; minha repulsa aos assassinatos justificados por leis desumanas que expus nas entrevistas que dei na televisão; e ainda as centenas de crônicas que escrevi para jornais da Europa. Tudo é prova inconteste dessa minha postura.

Pedro apoiou o cotovelo esquerdo no braço da cadeira de balanço, fez uma meia-concha com a mão esquerda e levou-a até o queixo. Fechou mais uma vez os olhos. Três minutos se passariam até que ele os abrisse novamente e voltasse a conversar com Al-Khidar.

— Se está me dando a oportunidade de escolher, opto por voltar a ser o Ahmed, a criança coberta de pústulas e chagas repulsivas, à espera do derradeiro suspiro.

— Isso implicará em sofrimentos e..

— Mas implicará também em uma morte real, entende? Morrerei de verdade.

— Que seja feita a sua vontade.

****

Deserto Somali, ano de 2008 no calendário gregoriano.

Um velho jipe transformado em ambulância dos Médicos sem Fronteiras cortava o deserto, deixando como rastro uma extensa nuvem de poeira.

— Mais uma aldeia, e parece vazia — disse Frank, o médico-motorista para o amigo Thomas, também médico.

— Talvez não esteja tão vazia assim. É melhor nos aproximarmos, tive a impressão de ter visto alguma coisa.

A ambulância se aproximou e, antes mesmo que Frank a parasse de todo, Thomas já havia pulado do carro.

— Ainda vive. Rápido, traga o soro — gritou Thomas para o amigo.

— A coisa está feia — disse Frank.

— Está delirando. Você consegue entender o que ele diz? — perguntou Thomas.

— Alguma coisa como desista, Al-Khidar, não irei com você.

— Al-Khidar?

— É um anjo islâmico.

— Você sabe coisas, hem?

— Você acaba de chegar. Fique aqui por dez anos e também saberá. Mas vamos transportá-lo. Acho que vai sobreviver. Vamos levar também o cachorro, montou guarda até o final. Olha aí, parece que o velho ditado se confirma.

— Mas se o menino sobreviver, o que será dele?

— Talvez seja adotado e consiga esquecer de tudo isso.

— Vamos levá-lo.

A ambulância se afastou rapidamente, deixando para trás a aldeia de Ahmed, agora sem vivalma.

12

Zona sul do Rio de Janeiro,
ano de 2004 no calendário gregoriano.

— Dr. Baptista, a sua neta telefonou e pediu que avisasse que vai se atrasar um pouco. Ela está presa em um baita engarrafamento e acha que em mais trinta ou quarenta minutos chega aqui.

— Obrigado, Benedita. Eu a avisei de que deveria sair cedo lá de Ipanema. Se tivesse seguido o meu conselho e tivesse vindo comigo ontem não teria esse problema — completou com ar de censura. — Rezo para que não seja mais uma vítima desses arrastões que acontecem por aí. Peça ao Osvaldo para acender as luzes do portão principal; pode ser que esses trinta minutos se transformem em um par de horas. Ah, e peça a ele para avisar aos seguranças que o carro dela agora é um Citroen Picasso preto — completou.

Meu nome é Alexandre Baptista. Há vinte anos decidi tornar-me escritor, depois de ter dedicado toda a minha vida à carreira de empresário do ramo de aplicações financeiras.

Quando resolvi escrever meu primeiro romance, aos sessenta anos, já possuía um excelente conforto financeiro. Agora, prestes a completar o meu 80º aniversário, terminei meu vigésimo livro. Levei a cabo a meta que estabeleci de publicar um romance por ano. Esta deveria ser a minha última obra, mas descumprirei a promessa que fiz para mim mesmo: parar de escrever quando chegasse a esta idade.

Alguns episódios que ocorreram na minha vida me ajudaram a tomar a decisão de me tornar escritor, ainda que tardiamente.

Tudo começou depois da morte de minha mulher. A partir de então, fui lentamente me tornando um especulador solitário que vivia tecendo as mais distintas e extrapolativas considerações sobre os fatos que observava. Começava ali, sem que soubesse, a reunir uma das condições que precisaria para começar a escrever tantos anos depois.

As centenas de histórias que ouvi durante os trinta anos que estive à frente das minhas empresas também exerceram papel importante nesse processo; eu vivia dizendo para os meus colaboradores mais diretos: um dia ainda coloco no papel tudo o que vejo e ouço por aqui.

Havia ainda um outro motivo, talvez o de maior importância, e que, portanto, exerceu muita influência sobre a minha escolha: a aborrecida vida de empresário que tinha.

Perguntava-me a todo momento por que havia escolhido aquela profissão: administrar funcionários que me causavam problemas de toda ordem e que, por conta disso, me obrigavam a enfrentar inúmeras e absurdas causas judiciais, além de, é claro, aguentar uma modorrenta rotina que invariavelmente envolvia cifrões.

Restava-me apenas o consolo de que tudo que conseguira na vida devia-se ao meu sucesso na carreira empresarial, mas quando fiz sessenta anos esse sucesso já não me bastava. Eu precisava poder olhar para trás e dizer que tudo o que fiz na vida valeu a pena, e que faria de novo; mas esse não era exatamente o caso. Fui doutrinado pela vida e pelo meu pai a ganhar dinheiro, a otimizar o tempo, a gerenciar e domar quaisquer emoções que demonstrassem fraqueza. Descobri então, nesse época, que havia esquecido de perguntar a mim mesmo se a felicidade viera junto com todas as minhas conquistas financeiras.

Na verdade havia descoberto também que além de não ter tido tempo para pensar nessa felicidade, tampouco pensei em qualquer sentimento oposto. Vivi em um mundo absolutamente neutral. Nem mesmo infeliz soube ser. Ter encontrado ainda a tempo a ferida e a sua exata localização me permitiram tomar as medidas para ficar curado daquele mal, antes que a morte me anunciasse a sua vinda.

Fui adotado aos cinco anos, e o meu pai, italiano, veio para o Brasil com doze anos de idade. Apesar de ter sido um homem muito rico, destinou toda a sua fortuna para entidades filantrópicas. Deixou-me apenas um pequeno apartamento; até mesmo a casa onde cresci me fora tirada. Ele acreditava que se me desse mais do que isso eu não lutaria para ter alguma coisa.

Ele também temia que eu terminasse como muitos de seus amigos que herdaram grandes fortunas dos pais e que perderam tudo, e que vez por outra batiam-lhe à porta para obter algum auxílio. Quando eu soube que todas as suas propriedades, ações e uma grande soma em dinheiro aplicado não viriam parar em minhas mãos, fiquei muito revoltado. Apesar de ter sido preparado para isso ao longo de minha adolescência e juventude, nunca acreditei que ele realmente cumprisse o que dizia, até o dia em que o testamento foi lido. Acho que o velho e surrado ditado "há males que vêm para o bem" poderia ser aplicado ao meu caso, pois devo ao gesto do meu pai os bens materiais que tenho hoje. Fiz bem a lição de casa, e soube, passo a passo, conquistar os espaços que me permitiram, já aos trinta anos, ser dono de minha própria corretora financeira com uma excelente carteira de investidores.

Cinco anos depois me casei. Em mais um ano já era pai da minha única filha. Aos quarenta anos já havia transformado a corretora em um banco. Os negócios iam muito bem, mas uma tragédia abateu-se sobre a minha família: minha mulher e os meus sogros morreram em um acidente de carro. Desde essa época, perdi o gosto pelas festas e pelos encontros sociais.

Depois que abandonei a empresa, tornei-me mais solitário ainda. Dedicava-me com exclusividade à leitura e aos livros que escrevia. Finalmente, depois de uma longa viuvez, casei-me com a literatura.

Minha filha, desde que se formara em medicina, decidira trabalhar com a equipe dos Médicos sem Fronteiras e há alguns anos coordenava uma equipe de colegas na África. Vez por outra, os poucos amigos que ainda me restavam telefonavam para saber como eu estava, mas meu estilo lacônico desestimulava esses telefonemas. Com o tempo, quase não os recebia mais.

Havia, entretanto, uma exceção: a minha neta Maria Helena, que fora praticamente criada por mim e a quem sempre fui muito ligado. Nem chegou aos vinte e cinco anos e já é professora de uma universidade federal e crítica literária. Ela ainda nem era formada e eu já submetia os textos que escrevia à sua opinião. Até hoje diz que deve a mim a sua carreira de crítica literária, pois, para atender aos meus pedidos, pegou gosto pela atividade quando emitia sugestões sobre o que eu escrevia. Ela consegue extrair de meus textos significados que, conscientemente, jamais passaram pela minha cabeça, mas que, depois de lê-los, me dão a falsa ilusão de que sou um artífice das letras, dotado de profundos conhecimentos sócio-antropológicos e filosóficos. Ela diz que eu enxergo as coisas ocultas atrás da porta e que utilizo as palavras para magicamente arrastar essas coisas até fazê-las atravessar o tal portal, levando-as a desembocar, travestidas como um poderoso instrumento de reflexão, na imaginação dos leitores. Sempre que leio os comentários que ela faz, digo-lhe que escrevo por impulsos desconhecidos e que não tive a intenção de provocar aquilo que ela diz estar contido no que escrevo. Acabei chegando à conclusão de que os leitores e críticos são tão autores do meu texto quanto eu. Eles me completam quando, através de sua imaginação, tiram os meus personagens do papel impresso e os transfiguram em indivíduos e pessoas capazes de lhes provocar alegria, piedade, angústia, culpas, remorsos, e por aí vai. Que seria de mim sem meus leitores e sem os meus críticos? É o que sempre me pergunto.

— Vovô, vovô!

— Ah, minha querida, desculpe-me, estava tão absorto em meus pensamentos que não a vi entrar. Venha, sente-se aqui ao meu lado.

— Peguei muito trânsito. Esse feriado da próxima segunda-feira acabou lotando as estradas que saem do Rio.

— Pois é, e hoje é quinta-feira. Resolveram enforcar a sexta e estender por conta própria o feriado. Só voltarão ao trabalho na terça. Sai uma geração, entra outra, e tudo continua igual — desabafou o avô. — Desse modo, este país não vai pra frente.

— Por via das dúvidas, só volto para o Rio na quarta. Assim poderemos ficar bastante tempo juntos. E depois, estou com saudades da chácara.

— Você teve tempo de ler o último livro que te enviei?

— É claro, pode-se lê-lo em um dia. E é sobre isso que quero conversar com você.

— Em uma dia? Você o achou muito curto? Afinal, todos os meus outros livros, como esse, têm entre 160 e 180 páginas.

— Você tem uma boa pegada, além de os seus livros estarem bem concebidos estruturalmente, mas acho que que você poderia ir adiante, estender mais o texto — aconselhou a neta. — O leitor fica com um gostinho de "quero mais". Vejo que a uma certa altura falta-lhe paciência para continuar com a trama, embora, como já lhe disse, ela esteja bem resolvida com relação ao seu desenvolvimento. O que quero dizer é que as histórias de seus livros são muito instigantes, mas quando chegamos ao final, nos perguntamos: mas já acabou? Ah, que pena!

— Então você me diz que termino meus livros antes do tempo?

— É, isso mesmo. Suas histórias acabam antes do tempo.

— É, talvez eu já devesse ter reconhecido essa minha impaciência. Não é só você que me diz isso. Há muito tempo venho sendo alertado também por vários leitores. Lá no passado houve uma leitora muito especial para mim, que me disse a mesma coisa quando escrevi os meus primeiros livros — recordou.

— Uma leitora muito especial — ecoou a neta. — E não me disse nada, hem, vovô? Afinal alguém conseguiu mexer com esse seu coração de pedra!

— Não seja injusta. Depois que a sua avó morreu, reconheço que vivi uma vida razoavelmente comedida, com especial atenção para o budismo, ainda que não o praticasse, mas não se esqueça de que você sempre foi o meu xodó e que sempre te dei muito carinho.

— Desculpe-me, vovô. Você foi e tem sido para mim um pai, uma mãe, uma avó e um avô. Mas não fuja do tema. Me conta, vamos, estou curiosa para saber quem foi essa leitora tão, tão especial.

Antes que eu pudesse lhe responder, Maria Helena pediu licença para atender o celular, que com insistência vibrava em sua bolsa. Levantou-se e foi para a sala contígua.

Uma onda de nostalgia tomou conta de mim. Bloqueei quaisquer pensamentos do meu próprio tempo que pudessem interferir naquela minha viagem e voltei duas décadas. Eu havia completado sessenta e três anos, e, apesar da idade, estava apaixonado como um jovem que encontra o seu primeiro amor.

"Alexandre, gostei muito do seu livro."

"Obrigado, Laura. Meus leitores e críticos têm sido muito generosos com relação a esse meu primeiro livro.

Espero que gostem também do segundo, que deve ser lançado daqui a dois meses."

"Me avise assim que souber a data", pediu. "Você andava meio sumido daqui da academia. Cansou de malhar?"

"Não, Laura, na minha idade não posso me dar ao luxo de parar a atividade física. Isso me ajuda a suportar as dez horas diárias que passo praticamente sentado, seja para ler, seja para escrever. Alguns problemas me levaram a mudar a rotina, mas agora, como de hábito, estou de volta ao nosso horário."

"Ah, olha só quem está chegando", e apontou para uma mulher que se aproximava. "Ei, Ana Paula, seja bem-vinda. Você já conhece o Alexandre?", perguntou. "Ele escreveu um livro do qual tenho certeza que você vai adorar", disse Laura, enquanto apresentava os dois. "Essa gata aqui, uma holandesinha, Alexandre, já tem uma filha de trinta anos. E com esse corpaço. Dá para acreditar?"

"Não, não, impossível. Não posso acreditar", disse, admirado. "Mas com relação ao que escrevi, ela está sendo muito gentil, Ana Paula. Melhor não criar falsas expectativas sobre meu livro."

"Alexandre, pode me chamar de Ana, é mais prático. E não pense que sou holandesa, como disse a Laura. Eu nasci aqui. Meus pais eram de Leiden, e emigraram para o Brasil. Eu podia ter tirado o passaporte da comunidade europeia, mas ainda não o fiz", esclareceu. "A Laura tem muito bom gosto literário, aposto que vou gostar do livro. Onde posso comprá-lo?"

"Ainda tenho alguns exemplares que a editora me enviou como cortesia. Posso trazê-lo para você", ofereci. "Amanhã deixo um exemplar na secretaria da academia."

"Poxa, que gentileza... Obrigada."

"Gostaria que você também desse sua opinião. Ela será muito importante. Vou deixar também o meu e-mail."

"Assim que terminar a leitura, prometo enviar um comentário."

"Alexandre, a Ana é daquelas que conseguem ler dois livros por semana", disse Laura, elogiando a amiga. "Uma verdadeira devoradora de livros, com uma opinião superabalizada."

Dois dias depois, encontrei Ana Paula na academia. Ela me disse que acabaria o livro naquele mesmo dia e que estava admirada com a minha forma de escrever.

O tom de voz que usara para me reportar o que achara do livro deixara-me, a princípio, em dúvida. Estaria ou não gostando do livro? Mas minha hesitação logo se desfez quando ela prosseguiu com sua fala. "É simplesmente sensacional. Você sabe usar como ninguém o fluxo de consciência e manejar o gênero fantástico como um verdadeiro mestre. Guimarães Rosa, Borges e Cortázar que se cuidem."

Comecei a acreditar no que a Laura havia dito sobre as qualidades de julgadora literária de Ana. Afinal, alguns comentários feitos por críticos profissionais apontavam para uma conclusão que se aproximava muito do que ela estava me dizendo. Talvez tivesse formação em letras ou algo parecido, pensei, mas nosso breve contato não me permitira saber qualquer coisa a seu respeito. Fosse como fosse, sua opinião me impressionou mais do que as considerações feitas pelos críticos. Talvez porque estes últimos tivessem manifestado suas opiniões através de textos escritos, ao contrário dela, que fez seus comentários oralmente, deixando ao final escapar um sorriso que exprimia uma vibrante felicidade e uma sensualidade que eu ainda não vira igual.

Eu lhe disse que gostaria muito que ela fosse ao lançamento do meu próximo livro, ao que ela aquiesceu prontamente, dizendo que combinaria de ir com a Laura.

Depois daquele dia, sempre que nos encontrávamos na academia trocávamos sorrisos e, vez por outra, ela me perguntava como iam os trabalhos com os livros.

"Já escrevi oito capítulos do meu novo livro."

"Se você precisar da opinião de uma humilde leitora, pode contar comigo."

"Eu gostaria muito de ter a sua avaliação. Vou te mandar os capítulos que já escrevi", prometi. "Ah, e antes que eu esqueça, o lançamento foi marcado para o dia 23 do próximo mês, exatamente daqui a 30 dias."

Resolvi então enviar o que já tinha escrito sobre o terceiro livro; cinco dias depois, recebi um e-mail de Ana, que tecia alguns comentários.

Oi, Alexandre,

estou adorando a leitura dos capítulos. Na verdade, adorei, pois já terminei. Farei uma releitura, mas posso adiantar alguma coisa. Fiquei impressionada com a forte cor com que você caracteriza o seu protagonista quando jovem. Ele parece saber bem o que não se deve desejar e, ao que tudo indica, salvo algum equívoco de minha parte, saberá ter o vigor suficiente para lutar contra aquilo que ele não quer e que o meio em que vive tenta lhe impor. Estou curiosa para saber como você irá desenvolver essa trama. Mas por favor, não faça como no primeiro livro, que nos deixou com um gostinho de "quero mais". Explore o tema até quando não puder mais.

E despediu-se, passando seus telefones.

Ela foi muito gentil na avaliação, mas o fato de ter me enviado os telefones deixou-me surpreendido. Se, por um lado, encaro quase todas as ocorrências que me aparecem com muita naturalidade, por outro, ainda há uns poucos eventos capazes de me provocar algumas surpresas. E dentre estes últimos estavam o fato de Ana ter me dado seus telefone, e, principalmente, o celular.

Esses números representavam para mim um sinal cujo significado interpretei com base nas convenções que, equivocadamente, nós homens, pobres mortais, temos: entre outras coisas, achamos que quando uma mulher nos dá seu telefone, podemos nos abstrair e ignorar que aquele fato pode estar dentro das regras da amizade e da cordialidade. Mas não me importava se eu me abstraíra ou não, não me importava se resolvera desconhecer as regras do bom senso e deixar que a minha imaginação ditasse as regras e voasse alto. Talvez tudo aquilo fosse uma mentira que eu mesmo inventara, mas a especialidade dos escritores não é a de inventar mentiras e cair nas suas próprias garras?

O dia do lançamento chegou e ela não pôde ir. Havia muita gente, o ambiente estava festivo, mas a sua ausência me incomodou. Dias depois, ela se justificou e prometeu que por nada faltaria a um próximo evento. Resolvi enviar um e-mail, dizendo-lhe que a considerava uma leitora sofisticada e que gostaria de convidá-la para discutirmos pessoalmente o livro. Ela me respondeu na noite daquele mesmo dia, usando algumas reticências que, para mim, estavam estrategicamente colocadas, querendo me passar alguma informação. Mais uma vez me vi prisioneiro de minha imaginação e refém de mais uma coisa que eu inventara.

> *Oi, Alexandre,*
> *recebi o seu e-mail e acho que poderemos sim nos encontrar para discutir alguns detalhes do teu livro. Ainda não voltei a dar aulas, então estarei livre... Muito bom receber o teu convite, embora não me considere uma leitora sofisticada, mas podemos marcar essa conversa...*
> *Bjo,*
> *Ana Paula*

Estarei livre..., *podemos marcar essa conversa...*, essas duas sentenças e suas respectivas reticências me deixaram agitado naquela noite. Mal consegui pegar no sono. Mas seria uma armadilha da minha imaginação para criar uma ilusão, ou de fato ela queria me transmitir alguma coisa? Sabia que as reticências representam um poderoso instrumento nas mãos dos escritores, quando nos diálogos lhes permitem indicar uma desaceleração ou uma breve passagem de tempo. Mas quando usadas num texto, é de uso comum pensar que o leitor continuará a leitura. Ainda que não concordasse com essa última alternativa, resolvi interpretar as reticências de Ana como a indicação de algo que ficou por terminar.

Especulei silenciosamente por toda a madrugada, acompanhado por uma ereção que já estava a ponto de se perpetuar, transformando-se em priapismo.

Acordei na manhã seguinte com a convicção de que quando a encontrasse tomaria coragem e lhe contaria que o meu tesão aumentava a cada encontro, e que mal poderia esperar a hora de fazer amor com ela. Não, não, fazer amor não combinava com a voluptuosidade quase sobrenatural que o seu corpo exercia sobre mim. Eu teria que lhe confessar que queria mordê-la da cabeça aos pés, passar a língua em seu corpo, lamber cada centímetro quadrado dele, dizer-lhe que o meu apetite era insaciável e que as minhas intenções eram as mais estranhas possíveis.

O dia que marcamos chegou, mas alguns compromissos surgidos na última hora encurtaram o tempo de nosso encontro. Fomos a uma livraria e conversamos por um par de horas. Não houve oportunidade para manifestações de qualquer ordem, portanto tive que adiar as declarações sexuais que havia planejado lhe dizer cuidadosamente. Em um primeiro momento, fiquei com medo de que não houvesse uma outra oportunidade de encontrá-la e que talvez tivesse que sepultar os meus incontidos desejos de possuí-la.

Mas estar na década dos sessenta tem lá suas vantagens; ela nos ensina a domar os hormônios e esperar a hora acontecer, sem angústia e sem ansiedade.

Depois desse nosso encontro, passamos a nos ver diariamente na academia. Por uma semana, renunciei à série de exercícios que fazia, para acompanhá-la nos aparelhos de musculação e conversar sobre literatura. Vez por outra, inadvertidamente, enquanto ela fazia os exercícios e se inclinava para a frente, eu observava seus seios sob a malha, que apareciam em sua plenitude, tal e qual duas grandes peras. Ah, que vontade eu tinha naqueles momentos de segurá-los e beijá-los.

Duas semanas após nosso primeiro encontro, lá estávamos nós, almoçando em um restaurante do centro da cidade.

"Ana, eu gostaria de lhe agradecer. Você foi e tem sido muito gentil ao se dispor a ler e comentar os meus livros."

"Imagina, Alexandre, você sabe que gosto de ler, e depois..."

"E depois...?"

"Bem, não sei como dizer, mas..."

"Mas...?"

"Eu gosto de estar com você, de conversar", confessou. "Sei lá, fico tão à vontade quando estou ao seu lado. Fomos apresentados não faz muito tempo, mas sinto que nos conhecemos há muitos anos."

"Quem sabe? Talvez em uma outra encarnação tenhamos tido alguma relação. Mas, espiritismo e encarnações à parte, quero dizer que também gosto muito de estar com você e..."

"E...?"

"E que..."

"Fala, Alexandre."

"E que também morro de tesão por você. Pronto, falei."

"Você está me cantando? É isso?"

"Acho que sim", confessei. "Estou te cantando e quero dizer que gostaria muito de transar com você."

Um leve rubor tomou conta do rosto de Ana Paula. Senti que ela queria falar alguma coisa, mas antes teria que domar os seus trêmulos lábios. Segurei-lhe as mãos, entrecruzei meus dedos nos seus, apertando-os delicadamente. Era impossível, naquele exato momento, saber a reação de Ana Paula ao que eu acabara de lhe confessar. A resposta veio alguns segundos depois, quando ela correspondeu e apertou com força a minha mão.

— Vovô, vovô?

— Desculpe-me, minha querida, estava tão distraído que nem a vi voltar.

— Quem deve desculpas sou eu, vovô.

— Algum problema sério?

— Não, apenas rotina universitária. Mas então me conte. Quem foi essa tal leitora?

Diante de minha mudez, ela insistiu.

— Me conta um pouquinho só, vai? Tanto tempo assim? A minha mãe já era nascida?

— Claro, eu já estava viúvo há vinte e tantos anos — justifiquei, antes de começar a contar. — Ela era muito bonita e tinha um rosto que soube conservar todas as horas felizes que teve nos seus cinquenta anos de vida. Era dona de um corpo muito especial, que me chamava a atenção. E olha que não é qualquer uma que consegue despertar a atenção de um velho com mais de sessenta anos, que já aposentara compulsoriamente seus hormônios testosterônicos. Porém...

— Porém?

— Descobri que ela se casara com um amigo que eu não via há mais de trinta anos.

— Parece coisa de novela das oito. Mas e aí? Vocês tiveram ou não tiveram um caso?

— Não vou lhe mentir. Tivemos, sim, mas durante muito tempo tive que conviver com o sentimento de culpa por estar traindo meu amigo.

— E ela?

— Mais ainda. O problema é que o frenesi orgiástico que assumia as rédeas de nossos encontros a deixava muito mal depois de nossas relações. Acho que eu nunca me dei conta da natureza do que ela sentia em

relação a mim, e tampouco da profundidade do que eu
sentia em relação a ela. Estávamos apaixonados, mas nada
do que fazíamos tinha a ver com o amor. Ficamos escravos
do sexo que fazíamos. Tudo culpa da literatura.

— Graças à literatura, vovô?

— Eu explico, minha querida. Para conquistá-la, eu
preparei cuidadosamente o terreno. Escrevi um conto que
retratava a situação real em que vivíamos. A de um autor
que pedia a uma leitora que desse opiniões sobre o que
escrevia.

— E o que essa história retratava era a paixão que
rolou entre a tal leitora e o autor da história que você
inventou?

— Exatamente — confirmei. — Através desses dois
personagens eu pude trazer à linguagem os meus desejos e
comunicar a ela tudo o que eu desejava. Enviei o texto na
noite que antecedeu o nosso encontro num restaurante.

— E ela comentou alguma coisa?

— Sobre esse texto, não, mas tenho certeza de que
ele preparou o caminho, ainda que ela tenha ficado
ruborizada quando eu lhe disse o que queria.

— Vovô, ainda bem que vocês se resolveram.
Quando a paixão ou o desejo batem, não devemos evitá-los.
Lamentavelmente, haverá sempre uma vítima, mas o que
fazer? — disse Maria Helena, desconsolada. — A nossa
sociedade está a caminho da poligamia, não demora muito e
nos acostumaremos com a ideia de que ter mais de um
parceiro faz parte de nossa biologia.

— Bem, deixemos isso de lado e voltemos ao livro.
Falemos mais dele. Onde você acha que eu deveria avançar
e acrescentar mais alguma coisa?

— Primeiro vou falar sobre uma coisa muito
importante: o gênero literário que você tem adotado em
seus romances. Em todos os seus livros anteriores há uma
clara opção pelo gênero fantástico, mas, apesar dos
excelentes comentários feitos pelos críticos, você sempre os

termina dando um jeito de escapar desse gênero. Alguma razão em especial?

— Concordo com você. As minhas obras anteriores eram metarromances que começavam com o fantástico, mas que em dado momento saíam desse gênero. Talvez por insegurança — conjecturei. — Eu achava que escrever utilizando o gênero fantástico era coisa para gente graúda; para um Borges, um Cortázar, um Machado de Assis, um Poe, um Dickens, para não mais que meia dúzia de autores.

— Reconheço a excelência literária de cada um desses que você citou, especialmente do Borges, porque é o meu preferido. Mas reconheço também que você escreve muito bem e que a essa altura, se não sabe, já deveria saber disso. De qualquer forma, houve mudanças. Vi que nesse seu último livro você conseguiu finalmente ir de cabo a rabo escrevendo no gênero fantástico, não se utilizando de nenhum artifício para fugir do mesmo.

— Eu ficaria muito curioso para saber o que a crítica, os leitores e...

— Peraí, vovô. Ficaria?

— Ah, eu falei ficaria? — perguntei. — Esquece.

— Não sei quanto aos colegas, mas essa crítica que está aqui pode lhe afiançar que o seu percurso pelo gênero fantástico foi, foi... fantástico — disse Maria Helena, sorrindo.

— Obrigado, minha querida. Agora vamos ao que interessa.

— Êita vô, não posso nem te elogiar, hem? Mas vamos lá. Comecemos pelo Al-Khidar. O enviado celestial que, ao que parece, acompanhou Ahmed em todos os instantes de sua vida, salvando-o dos neonazi belgas e de outras situações que conspiravam contra a sua vida.

— E que também veio para lhe anunciar a morte.

— Pois é, aí é que acho que você poderia aprofundar um pouco mais. Afinal, o Ahmed diz que prefere voltar a ser um agonizante que morrerá com sofrimento a simplesmente desaparecer levando consigo a lembrança da próspera vida que tivera.

— Quer dizer então que o descabimento, entre aspas, do gesto de Ahmed ao recusar a oferta de Al-Khidar pegou-a de surpresa?

— Também, mas...

— E você, se estivesse no papel do meu personagem, o que faria? Voltaria para morrer de verdade ou aceitaria a falsa vida que lhe deram? Mas antes que você me responda, minha querida, eu lhe adianto que nós, os que vivemos uma vida que nunca nos pertenceu, somos em muito maior número do que se possa imaginar.

— Somos? O que é isso? Alguma referência autobiográfica? Acaso você viveu toda uma vida que não era sua?

— Eu não diria uma vida inteira, mas parte dela, sim. Tudo que fiz antes de ser escritor deixou de ter sentido para mim. Eu apaguei da memória, foi como se não tivesse existido. Renasci quando me tornei escritor. Mas é claro que isso tudo não se aplica a você e à sua mãe. Não poderia esquecer o apoio e estímulo que sempre me deram.

— Ah, mamãe! Sinto muito sua falta. Ela nos abandonou pela profissão.

— Não fale assim. Ela vem quando pode, e depois faz um belo trabalho nos Médicos sem Fronteiras.

— E aí você resolveu fazer a referência ao grupo, pondo-os como salvadores do moribundo Ahmed. Mas por que salvar Ahmed?

— Acho que ele merecia. Soube muito bem gerenciar a dualidade vida e morte que habita em cada um de nós, não deixando que a ambiguidade que as envolve contaminasse a sua decisão. E também não demonstrou, como velho que já era, qualquer consternação com a perda das coisas que havia conquistado. Preferiu desfrutar de uma situação que lhe era totalmente desconhecida. É isso. Contam-se nos dedos de uma só mão aqueles que não temem o desconhecido, os que já nascem empunhando um escudo decorado com a Górgona Medusa. São os Perseus modernos.

— Faz sentido. Agora respondo à pergunta que fiz há pouco. Acho que você o salvou para potencializar o efeito fantástico e dar *le grande finale*. Fará o leitor hesitar entre o real e o imaginário. E você fez isso praticamente em todos os capítulos. Você manipulou muito bem a incerteza no seu texto, vovô.

— Eu não disse que vocês, críticos, e os leitores acabam dissecando o nosso corpo textual e descobrindo intencionalidades ocultas? Pois aí está. Não pensei na tal potencialização do efeito fantástico que você acabou de mencionar. Foi pura intuição.

— Vovô, você me falou que a tal leitora misteriosa que lia os seus textos lhe dizia que...

— Ei, ei, espere. Lia, não. Lê.

— Que seja, e suponho que ela ainda continue dizendo que você deveria aumentá-los, que as suas histórias, de tão interessantes, requerem mais palavras, mais desdobramentos.

— *È vero*. E sei que você vai perguntar por que ainda continuo batendo na mesma tecla: a de fazer livros curtos.

— Eis o ponto. Por que você não escreveu mais alguns capítulos e incluiu neles a ida de Ahmed para Paris como correspondente de jornal, a perseguição e ameaças que ele sofreu na Europa, a sua volta para o Rio de Janeiro, a história da adoção de seu novo nome, etc. Haveria material para mais uns oito capítulos.

— Para mais, até. O problema é que aí essa nossa discussão não teria sentido.

— Não entendi!

— Eu não poderia colocar toda essa nossa conversa dentro do livro.

— Como assim, vovô? Continuo a não entender.

— O livro que você leu estava incompleto. Faltava-lhe o último capítulo, que será essa nossa conversa em torno da necessidade de aumentar o livro, de fazê-lo maior. Quem sabe eu não peço para que os meus leitores escrevam esses oito capítulos? Poderia fazer um concurso e selecionar o melhor texto. Com a sua ajuda, é claro. Entrariam em uma segunda edição.

— Ah, meu Deus! Que loucura, vovô.

— Pois é, minha querida, estou louco para ver o que você, os seus colegas e os meus leitores pensarão de tudo isso.

NASCI EM DE 3 DE ABRIL DE 2019.

SOB DEMANDA, ESTOU SENDO IMPRESSO PELA AMAZON EUROPA,

COM AS SEGUINTES CARACTERÍSTICAS:

FORMATO: 13,91 X 21,59

NÚMERO DE PÁGINAS: 200

FONTE ; GARAMOND

CORPO 12

PAPEL: CREME DE 90 GRAMAS